데미안

Demmian

옮긴이 **조혜정**

원광대학교에서 영문학을 전공했고, 외국어학원에서 학생들과 직접 부딪히며 영어를 가르쳤다. 영어를 가르치면서 마땅한 교재가 없어 고민하던 중, 영어를 공부하는 사람들에게 도움이 되는 책을 직접 만들어 보고 싶다는 생각으로 출판계에 발을 들여놓게 되었다. 이후 10여 년 간 영어 교재 전문 편집자로 활동하며 영어를 배우는 이들에게 도움이 되는 책들을 많이 만들었다. 현재는 프리랜서 편집자로 활동하고 있으며, 번역서로는 조지 오웰의 「동물농장」이 있다.

데미안

저 자 헤르만 헤세

발행인 고본화

발 행 반석출판사

2022년 9월 10일 초판 7쇄 인쇄

2022년 9월 15일 초판 7쇄 발행

반석출판사 www.bansok.co.kr

이메일 bansok@bansok.co.kr

07547 서울시 강서구 양천로 583. B동 1007호

(서울시 강서구 염창동 240-21번지 우림블루나인 비즈니스센터 B동 1007호)

대표전화 02) 2093-3399 **팩 스** 02) 2093-3393

출 판 부 02) 2093-3395 **영업부** 02) 2093-3396

등록번호 제315-2008-000033호

Copyright ⓒ 이원준

ISBN 978-89-7172-633-4 (03840)

데미안

Demmian

헤르만 헤세 지음
조혜정 옮김

Bansok

목차

작품 속으로

지난 1919년 '싱클레어 어느 소년 시절의 이야기'라는 제목으로 발표된 자전적(自傳的) 소설이다. 주인공 싱클레어의 기쁨과 슬픔, 희망과 절망이 그의 고향인 슈바벤을 중심으로 펼쳐진다. 선과 악 사이에서 갈등하다가 데미안에 의해 자아를 발견하고, 이를 굳건히 구축해 가는 과정을 상징적으로 그렸다.

주인공 싱클레어는 두 개의 상반된 밝은 세계(선의 세계)와 어두운 세계(악의 세계), 그 속에서 늘 괴로워한다. 그는 어두운 세계에 끌려 프란츠 크로머를 만나 여러 가지 나쁜 짓을 하게 된다. 악의 세계로부터 탈출하려고 하였으나 번번이 실패하고 만다.

그러던 중 구원자인 데미안을 만나게 되고 어둠의 세계로부터 구원받는다. 하지만 학교를 졸업하고 상급 학교에 진학하면서 또다시 어둠의 세계에 빠진다. 자신의 내면에 상반된 두 개의 존재가 계속해서 방황을 하던 중, 데미안의 쪽지를 발견한다.

"새는 알을 깨고 나온다. 알은 새의 세계이다. 태어나려는 자는 하나의 세계를 파괴하지 않으면 안 된다…." 주인공은 데미안의 영향을 받아 과거의 어둠을 깨고 보다 발전된 삶을 추구한다. 전쟁으로 인해 데미안은 죽었지만 주인공의 마음속에는 언제나 데미안이 살아 숨 쉬고 있다.

등장 인물

_ **싱클레어** : 이 소설의 주인공, 인간의 존재 방식에 대해 회의를 품고 방황하는 소년이다. 데미안과 그의 어머니 에바 부인의 영향으로 자아(自我)에 눈을 뜨고 성숙한 인간으로 거듭난다.

_ **막스 데미안** : 에바 부인의 아들, 싱클레어에게 큰 영향을 주는 이상적 인간이다. 유혹에 빠진 싱클레어를 도와주며, 그의 인격 형성에 큰 영향을 끼친다.

_ **에바 부인** : 데미안의 어머니, 여성적인 매력과 원초적인 모성을 갖춘 신비의 여인이다. 싱클레어의 연모의 대상이지만, 그를 올바른 길로 인도한다.

_ **프란츠 크로머** : 양복점 주인 아들로 태어난 불량소년으로 악의 상징이다. 싱클레어를 유혹하여 악의 길로 끌어들인다.

_ **피스토리우스** : 교회 오르간 연주자로 목사 집안에 태어난 청년, 싱클레어의 인격 형성에 큰 영향을 미친다.

_ **크나우어** : 싱클레어의 동급생으로 성과 금욕으로 고민한다.

작가 연보

- 1877년_ 독일 슈바벤 주의 칼프에서 아버지 요하네스 헤세와 어머니 마리 군데르트 사이에서 장남으로 태어남
- 1892년_ 마울브론 신학교를 신경쇠약증과 부적응으로 중퇴, '시인이 되지 못하면 아무 것도 되지 않겠다'고 선언
- 1899년_ 시집 「낭만의 노래」, 산문집 「한밤중의 한 시간」
- 1901년_ 「헤르만 라우셔의 유작과 시」
- 1904년_ 「페터 카멘찐트」, 「복가치오」, 「앗시시스 프란츠」 마리아 베르누이와 결혼
- 1906년_ 「수레바퀴 밑에서」
- 1910년_ 「게르트루트(사랑과 죽음과 고독의 서)」
- 1915년_ 「크놀프(향수)」
- 1919년_ 「귀향」, 「데미안」
- 1922년_ 「싯다르타」, 부인 마리아와 이혼, 스위스 국적 획득
- 1927년_ 「황야의 이리」, 루트 뱅어와 이혼
- 1930년_ 「지와 사랑(나르치스와 골트문트)」, 니돈 돌빈과 결혼
- 1932년_ 「동방여행」
- 1946년_ 「유리알 유희」로 노벨 문학상 수상
- 1955년_ 서독 출판협회로부터 평화상 수상
- 1956년_ '헤르만 헤세' 상 제정
- 1962년_ 몬타뇰라의 명예시민, 뇌출혈로 사망

프 롤 로 그

나는 다만 내 진정한 자아가 이끄는 대로 조화롭게 살고자 했을 뿐이다. 왜 그것이 그토록 어려웠을까?

내 이야기를 하려면 아주 오래 전으로 거슬러 올라가야 한다. 할 수만 있다면 되도록 오래 전으로 거슬러 올라가야 하리라. 내 유년의 처음으로, 그 시절을 넘어 먼 조상이 있는 과거로.

소설가들은 소설을 쓸 때 등장인물에 대해 거의 신과 같은 태도를 취하는 경향이 있다. 한 인간의 삶이기도 한 그 이야기에 대해 전부 알고 있는 척하고, 신 자신이 몸소 이야기하는 것처럼 소설가 자신과 적나라한 진실, 구구절절 의미 있는 줄거리 사이에 아무것도 가로막혀 있지 않은 것처럼 군다. 모든 소설가에게 자신의 작품이 중요한 것 이상으로 내게 내 이야기가 더 중요하다 해도 나는 소설가처럼 그럴 수 없다. 이것은 내 이야기이기 때문이다. 이것은 한 인간의 이야기이다. 지어낸 인물, 있음직한 인물, 이상화된 인물, 다시 말해서 존재하지 않는 인물의 이야기가 아니라 살과 피로 이루어진 한 존재의 이야기이기 때문이다. 그러나 정말 살아 있는 인간이란 무엇으로 이루어져 있는지 오늘날에는 과거 그 어느 때보다 이해하기 힘들어진 것 같다. 그래서 한 사람 한 사람이 자연에 있어 단 한 번의 값진 시도를 나타내는 인간이 요즘에는 무더기로 총살당한다. 만일 우리가 그저 한 인간이라는 것 외에는 아무것도 아니라면, 우리들 한 사람 한 사람을 총알 하나로 정말 완전히 없앨 수 있다면 이야기란 아무 의미도 없으리라. 그러나 모든 사람은 단순히 자기 자신 이상이다. 인간은 또한 세계의 현상이 다시 반복되는 일 없이 단 한 번의 방법으로 교차하는 지점에 있는 하나뿐인 아주 특별하고 항상 중요한 주목할 만한 점이다. 그래서 모든 사람의 이야기는 중요하고 영원하며 신성하다. 그래서 모든 사람은 살아가며 자연의 의지를 성취해 나가는 한, 경이로우며 충분히 생각해 볼 가치가 있다. 우리들 한 사람 한 사람 속에서 정신이 살이 되고, 우리들 한 사람 한 사람 속에서 만물이 고통 받으며, 우리들 한 사람 한 사람 속에서 구세주가 십자가에 못 박혀 있다.

인간이 무엇인지 아는 사람은 오늘날 거의 없다. 많은 사람들이 모른다는 것을 알고 그래서 더 수월하게 죽는다. 이 이야기를 끝내고 나면 나도 마찬가지로 그만큼 더 수월하게 죽을 것이다.

내가 대부분의 사람들보다 조금 더 안다고 생각하지는 않는다. 나는 언제나 구도자였으며 지금도 그렇지만 별들과 책들에게 물어보는 것은 그만두었다. 나는 내 피가 나에게 속삭이는 가르침에 귀를 기울이기 시작했다. 내 이야기는 유쾌하지 않다. 지어낸 이야기가 그러하듯 달콤하지도 조화롭지도 않다. 무의미하고 혼란스러우며, 착란적이고 꿈같은 맛이 난다. 더 이상 자신을 기만하지 않는 사람들의 삶처럼.

사람들 각각의 삶은 자기 자신을 향해 나 있는 길을, 그러한 길에 들어서려는 시도를, 길에 대한 암시를 나타낸다. 이제껏 전적으로 완벽하게 자기 자신이 된 사람은 없다. 그런데도 각각의 사람들은 자기 자신이 되기 위해 애쓴다. 누군가는 서투르게, 다른 누군가는 좀 더 똑똑하게 각자 할 수 있는 최선을 다해. 모든 사람은 태어남의 흔적인 태곳적 과거의 점액과 껍질을 삶이 끝날 때까지 지니고 있다. 더러는 인간이 되지 못하고 개구리나 도마뱀, 개미로 남기도 한다. 허리 위는 사람, 아래는 물고기인 채로 남는 경우도 있다. 그들 각각은 인간이 되기를 바라며 자연이 건 도박이다. 우리 모두는 같은 기원, 같은 어머니를 공유하고 있다. 우리 모두는 같은 문을 열고 들어온다. 그러나 우리들 각각은 깊은 곳에서 비롯된 시도들로서 자신의 운명을 향해 있는 힘껏 노력한다. 우리는 서로를 이해할 수는 있지만 우리가 해석할 수 있는 건 우리 자신뿐이다.

1장
두 세계

열 살 때 작은 도시의 라틴어 학교에 다니던 시절에 겪었던 일로 이야기를 시작할까 한다.

그 시절의 많은 달콤했던 것들이 아직도 서글픔으로 나를 휘저으며 내 마음을 흔든다. 어두워져 불 밝힌 골목들, 집들, 탑들, 종 소리, 사람들의 얼굴, 풍요롭고 편안하며 따뜻하고 안락한 방들, 비밀을 품고 있는 방들. 모든 것에서 따뜻한 친밀감, 하녀들, 가정 상비약, 마른 과일 냄새가 난다.

양극단에서 비롯된 서로 다른 두 세계인 낮과 밤의 세계가 이 시절 내내 뒤섞여 있었다. 부모님의 집이 하나의 세계를 이루었다. 그러나 그 세계는 너무 작아서 그 안에는 사실상 내 부모님밖에 없었다. 이 세계는 거의 모든 면에서 내게 친숙했다. 이 세계에는 아버지와 어머니, 사랑과 엄격함, 모범이 되는 행동, 학교가 있었다. 광채, 명료함과 청결함, 다정하게 오가는 대화, 깨끗이 씻은 손, 정갈한 옷, 예의 바른 행동거지의 세계였다. 아침 찬송가가 울려 퍼지고 크리스마스를 즐기는 세계였다. 곧게 뻗은 선과 길이 미래로 이어져 있었다. 의무와 책임, 양심의 가책과 고해, 용서와 다짐, 사랑, 숭배, 지혜와 성경 말씀이 있었다. 더럽혀지지 않고 질서 정연한 삶을 원한다면 이 세계에 속해 있어야 했다.

그러나 우리 집에 반쯤 겹쳐 있던 또 하나의 세계는 전혀 달랐다. 냄새도 달랐고, 말도 달랐고, 약속하고 요구하는 것도 달랐다. 이 두 번째 세계에는 하녀와 일꾼들, 귀신 이야기, 떠도는 소문이 있었다. 도축장과 감옥, 술주정뱅이와 악쓰는 아낙네들, 새끼 낳는 암소, 쓰러져 죽은 말, 강도와 살인과 자살 이야기를 포함해 온갖 끔찍하고 흥미를 자극하고 소름 끼치고 불가사의한 것들이 요란하게 섞여 있는 세계였다. 이 모든 거칠고 잔혹하면서도 매혹적이고 섬뜩한 것들이 우리를 둘러싸고 바로 옆 골목, 바로 옆집에 있었다. 경찰관과 부랑자들, 마누라를 패는 술주정뱅이들, 밤이면 공장에서 쏟아져 나오는 젊은 여자들 무리, 마법을 걸어 병에 걸리게 하는 노파들, 숲에 몸을 숨기고 있는 도적들, 경찰관에게 붙잡힌 방화범들이 있었다. 활기에 넘치는 이 두 번째 세계는 모든 곳에서, 우리 부모님의 집을 제외한 모든 곳에서 솟아나 향기를 내뿜었다. 그것이 좋았다. 평화와 질서, 고요함과 거리낌 없는 양심, 용서와 사랑이 이 한쪽 세계를 지배한다는 것이 근사했다. 거친 소음, 음침함, 폭력이 모여져 있는 다른 나머지 세계가 존재하며, 한 걸음이면 그 세계로부터 엄마의 무릎 속으로 달아날 수 있다는 것도 근사했다.

참으로 기이했던 것은 두 세계의 경계가 서로 닿아 있다는 것이었다. 두 세계는 얼마나 가까이 붙어 있었던가! 예를 들어, 우리 집 하녀 리나는 저녁 기도 시간이면 깨끗이 씻은 손을 다림질한 앞치마 위에 포갠 채 거실 출입문 옆에 앉아 우리와 함께 맑은 목소리로 찬송가를 불렀다. 그럴 때 그녀는 아버지와 어머니에게, 우리에게, 밝고 올바르게 사는 사람들에게 속했다. 그러나 그 이후에 부엌이나 장작 헛간에서 내게 "머리 없는 난쟁이" 얘기를 해주거나 푸줏간에서 이웃 여자들과 실랑이를 벌일 때는 딴 사람이 되었다. 비밀에 싸인 채 다른 세계에 속해 있었다. 그런데 모든 것이 그랬다. 특히 내 자신이 그랬다. 물론 나는 밝고 올바른 세계에 속해 있었다. 나는 내 부모님의 자식이었으니까. 그러나 어느 쪽을 돌아보든 다른 세계가 보였다. 나는 다른 세계에서도 살고 있었던 것이다. 그것이 이따금씩이고 불안과 양심의 가책을 겪을지라도. 실제로 금지된 세계에 더 살고 싶었던 적도 있었다. 그것이 제아무리 필요하고 선한 것이라 할지라도 빛의 세계로 돌아가는 것이 덜 아름다운 것, 오히려 단조롭고 지루한 것으로 돌아가는 것 같을 때가 많았다. 한때는 내 운명이 아버지 어머니처럼 명철하고 오염되지 않으며, 질서 정연하고 우월해지는 것이라고 절대적으로 확신했다. 그러나 이 목표는 멀어 보였다. 그 목표에 도달한다는 것은 끝없이 학교에 다니고, 공부하고, 온갖 시험에 합격하는 것을 의미했다. 그리고 그 길은 다른 더 어두운 세계를 지나쳐 가며 가로질러 나 있었다. 그 어두운 세계 어딘가에 남아 가라

앉아 버리는 것이 불가능한 일도 아니었다. 그런 탕아들의 이야기가 있었다. 나는 그 이야기들을 열중해서 읽었다. 그 이야기들 속에 나오는 탕아의 귀환이 너무나 다행스럽고 훌륭한 것으로 그려져 있어 나는 이것이야말로 올바르고 가장 선하며 내가 추구하던 것이라고 확신했다. 그럼에도 악당들과 탕아들이 등장하는 대목이 훨씬 더 마음을 끌었다. 이런 말을 해도 될지 모르겠는데 어떤 때는 탕아가 회개하고 다시 발견되지 않았으면 하고 바랐다. 그러나 그런 생각은 감히 하지 않았으며, 입 밖에 내서 말하는 일은 더더군다나 없었다. 그것은 의식의 밑바닥에서 희미한 예감으로, 가능성으로 막연히 자리잡고 있었다. 악마를 떠올리면 저 아래 길거리에 있는 모습을 쉽게 상상할 수 있었다. 변장을 하거나 안 한 모습으로, 시골 장터에, 혹은 술집에 있는 모습으로, 그러나 우리 집에서 우리와 함께 있는 모습은 상상할 수 없었다.

내 누이들 역시 빛의 세계에 속해 있었다. 그들은 본질적으로 아버지 어머니에게 나보다 훨씬 더 가까운 듯 보였다. 누이들은 나보다 착하고, 나보다 예의 바르며, 흠도 나보다 적었다. 그들에게도 물론 흠은 있어서 잘못을 저지르기도 했지만 나와는 달리 심각하지 않았다. 악과 접촉해 있으면서 그토록 짓눌리고 고통스러워했던, 어두운 세계에 훨씬 더 가까이 있던 나와는 달랐다. 누이들은 부모님처럼 위로 받고 존중 받아야 마땅했다. 누이들과 다투고 나면 나는 언제나 자책하며 싸움을 건 것도, 용서를 빌어야 할 사람도 나인 것처럼 느꼈다. 누이들을 모욕하는 것은 부모님을 모욕하는 것이며, 선하고 우월한 모든 것을 모욕하는 것이었다. 나에게는 누이들보다는 가장 비천한 부랑배와 나눌 수 있는 비밀들이 있었다. 양심에 걸리는 일이 없는 좋은 날이면 누이들과 노는 것이, 그들처럼 착하고 예의 바르다는 것이, 고귀한 빛 속에 있는 내 자신을 보는 것이 자주 기뻤다. 천사라면 마땅히 그래야 했으리라! 천사는 우리가 생각할 수 있는 최고의 경지였다. 그러나 그런 날들은 얼마나 드물었던가! 놀이를 하거나 악의 없는 장난을 치면서 내가 지나치게 열중하여 제멋대로 구는 바람에 그것이 누이들에게는 너무 심하게 느껴져 싸움과 불행으로 이어지곤 했다. 그러면 나는 무척 화가 나서 못되게 굴었고 말하면서도 내 마음이 타들어 가는 끔찍한 말과 행동을 닥치는 대로 했다. 그러고 나면 암울한 후회와 뉘우침의 가혹한 시간이, 용서를 비는 고통스러운 순간이 이어졌다. 그다음에야 빛이, 고요하고 감사한 분열되지 않은 기쁨이 다시 비쳤다.

　나는 라틴어 학교에 다녔다. 시장의 아들과 수석 삼림관의 아들이 우리 반이어서 이따금 우리 집에 왔다. 제멋대로이긴 해도 둘 다 선하고 합법적인 세계에 속해 있었다. 그렇다고 해서 내가 평소에 우리들이 보통 깔보는, 공립학교에 다니는 이웃 아이들과 아무 관계도 없는 것은 아니었다. 바로 그 애들 중 한 명으로 내 이야기를 시작해야 하기 때문이다.

　내가 열 살 조금 더 되었을 때 오전 수업만 있던 어느 날, 이웃 아이들 둘과 내가 어슬렁거리고 있는데 우리보다 덩치 큰 아이가 우리와 같이 하게 됐다. 그 아이는 공립학교에 다니는 힘세고 건장한 애로 재단사의 아들이었다. 그의 아버지는 술꾼이었고 온 가족의 평판이 안 좋았다. 프란츠 크로머에 대해 익히 들었던지라 나는 그가 두려웠다. 그가 우리에게 접근한 게 전혀 마음에 들지 않았다. 그의 행동거지는 벌써 어른티가 났고, 젊은 공원들의 걸음걸이와 말투를 따라 했다. 그가 시키는 대로 우리는 다리 옆에 있는 강둑을 기어 내려가 첫 번째 아치 밑에 숨었다. 아치형 교각과 느리게 흘러가는 강물 사이에 있는 좁은 강변은 온갖 고철들, 파편들, 엉켜 있는 녹슨 철사 줄 뭉치, 다른 쓰레기들로 뒤덮여 있었다. 가끔 우리는 이곳에서 쓸만한 것을 주울 수 있었다. 우리는 프란츠 크로머의 지시에 따라 그곳을 샅샅이 뒤져 찾은 것을 그에게 보여 주어야 했다. 그는 그것을 주머니에 집어넣거나 강에 던져 버리거나 했다. 그는 우리에게 납, 놋쇠, 주석으로 된 물건이 있는지 잘 살펴보라고 시키고는 그런 건 모두 자기 호주머니에 쑤셔 넣었다. 뿔로 된 낡은 빗도 호주머니에 넣었다. 그가 나를 받아들이고 다른 애들과 똑같이 취급해 주는 것 같아서 기쁘기는 했지만 나는 그와 있는 게 아주 불편했다. 아버지가 그와 어울려 다니는 것을 허락하지 않으시리라는 것을 알고 있어서이기도 했고, 프란츠 자체가 단순히 두려워서이기도 했다. 그가 지시를 내리면 우리는 거기에 따랐다. 그와 함께 하는 건 처음인데도 마치 오래 해 온 일 같았다.

잠시 후에 우리는 앉았다. 프란츠가 강물에 침을 뱉었다. 어른처럼 보였다. 그는 잇새로 침을 뱉어 무엇이든 조준한 것을 맞혔다. 이야기가 시작되고 아이들은 학생이 저지를 수 있는 온갖 종류의 영웅적인 행위들과 자신들이 쳤던 장난들을 자랑삼아 떠들어 댔다. 나는 잠자코 있었지만 내가 시선을 끌까 봐, 내 침묵이 특히 크로머의 부아를 돋울까 봐 두려웠다. 두 친구들은 프란츠 크로머가 우리와 같이 다니게 된 뒤부터 나를 피하기 시작했다. 나는 그들에게 이방인이었고 내 태도와 옷차림이 일종의 거부반응을 일으킨다는 걸 알고 있었다. 라틴어 학교 학생이며 부유한 아버지를 둔 철딱서니 없는 아들인 나를 프란츠가 좋아할 리 없었다. 나머지 두 아이들이 곧 나와 절교하고 나를 버릴 것임을 나는 잘 알고 있었다.

초조한 나머지 마침내 나도 이야기를 늘어놓기 시작했다. 나는 내가 영웅적인 역할을 맡은 도둑질에 관한 긴 이야기를 지어냈다. 방앗간 옆에 있는 과수원에서 어느 밤에 친구와 함께 한 자루 가득 사과를 훔쳤는데, 그냥 보통 사과도 아니고 최고 품종의 사과였다고 나는 말했다. 순간의 두려움 때문에 나는 이 이야기로 도피한 것이었다. 이야기를 지어내 들려 주는 것이 나에게는 자연스러운 일이었다. 금방 썰렁해져서 더 고약한 상황에 말려들지 않으려고 나는 온갖 힘을 다해 이야기를 풀어 나갔다. 한 사람이 사과나무에 올라가는 동안 다른 한 사람이 망을 봐야 했다고 나는 말을 이었다. 게다가 자루가 너무 무거워서 자루를 열고 반은 놔두고 와야 했는데, 30분 뒤에 돌아가서 나머지도 가져왔다고 했다. 이야기를 마치고 나는 인정 같은 걸 받으려고 기다렸다. 마지막에는 열이 올라 내 자신의 말솜씨에 도취되었었다. 작은 두 아이들은 아무 말도 하지 않은 채 잠자코 있었지만 프란츠 크로머는 눈을 가늘게 뜨고 날카롭게 나를 바라보며 위협하듯 물었다.

"그 얘기 진짜야?"

"그럼." 내가 말했다.

"정말로 진짜란 말이지?"

"그렇다니까. 정말로 진짜야." 속으로는 두려움으로 숨이 막혔지만 나는 고집스럽게 우겼다.

"맹세해?"

나는 너무나 두려웠지만 즉시 그렇다고 말했다.

"그럼 말해. 하나님과 내 영혼의 은총을 걸고 맹세한다고."

"하나님과 내 영혼의 은총을 걸고 맹세해." 내가 말했다.

"그래, 좋아." 그렇게 말하더니 그는 몸을 돌렸다.

나는 이제 다 잘되었다고 생각했다. 그가 일어나서 집에 가려고 하자 기뻤다. 우리가 다리 위로 다시 올라온 다음, 나는 머뭇거리며 그만 집에 가 봐야겠다고 말했다.

"그렇게 서두를 것 없잖아." 프란츠가 웃었다. "우리 같은 방향이잖아, 안 그래?"

그는 어슬렁어슬렁 걸었고, 나는 감히 뛰어갈 엄두가 나지 않았다. 그는 사실 우리 집 방향으로 걸어가고 있었다. 우리 집 앞에 도착해 현관문과 큼직한 놋쇠 문고리, 창에 어른거리는 햇살, 어머니 방의 커튼이 보이자 나는 안도의 숨을 내쉬었다.

내가 얼른 문을 열고 들어가 문을 닫으려는 순간, 프란츠 크로머가 내 뒤를 따라 냉큼 들어왔다. 뜰을 향해 나 있는 하나뿐인 창으로만 빛이 들어오는, 타일 깔린 서늘한 복도에서 그가 내 뒤에 서서 내 팔을 붙들고 나직하게 말했다.

"그렇게 서두르지 마, 너."

나는 겁에 질려 그를 쳐다보았다. 내 팔을 움켜쥔 그의 손이 너무나 단단했다. 나는 그가 무슨 생각을 하고 있는지, 그가 나를 해치려는 건지 궁금했다. 내가 지금 큰 소리로 꽥 하고 비명을 지르면 누군가가 위에서 제때 내려와 나를 구할 수 있을지 판단해 보려고 했다. 그러나 그 생각은 포기했다.

"뭐야?" 내가 물었다. "뭐 원하는 거 있어?"

"별거 아니야. 너한테 뭘 좀 물어볼 게 있어서. 다른 애들까지 들을 필요는 없으니까."

"그래? 난 너한테 말할 만한 게 없는데. 나 올라가 봐야 해. 알잖아."

프란츠 크로머가 나직하게 물었다. "방앗간 옆에 있는 과수원의 주인이 누구인지 너도 알지. 안 그래?"

"모르겠는데. 방앗간 주인이겠지 뭐."

프란츠는 나에게 팔을 두르더니 나를 바싹 끌어당겼다. 그의 얼굴이 불과 몇 인치 떨어져 있었다. 그의 눈은 사악했다. 그가 심술궂게 웃었다. 그의 얼굴은 잔인함과 의기양양함으로 가득 차 있었다.

"그럼, 내가 그게 누구네 과수원인지 확실히 알려 주지. 누군가가 그 집 사과를 훔쳤다는 걸 난 얼마 전부터 알고 있었어. 그리고 누가 사과를 훔쳤는지 알려 주는 사람에게는 과수원 주인이 2마르크를 주겠다고 한 것도 알고 있지."

"맙소사!" 나는 소리쳤다. "말하지 않을 거지, 그렇지?"

나는 그의 명예심에 호소하는 것이 소용없는 일임을 느꼈다. 그는 저쪽 세계에서 왔다. 배신은 그에게 나쁜 일 축에도 들지 않았다. 나는 이것을 절실하게 느꼈다. 저쪽 세계에서 온 사람은 이런 문제에 있어 우리와는 달랐다.

"아무 말도 안 한다고?" 크로머가 웃었다. "야, 날 뭘로 보는 거야? 넌 내가 돈 찍어 내는 사람이라도 되는 줄 아는 모양이지? 난 가난해. 너처럼 돈 많은 아버지도 없어. 2마르크를 벌 수 있다면 어떻게든 벌어야 하지 않겠어. 어쩌면 더 줄지도 모르잖아."

갑자기 그가 나를 놓아주었다. 복도에서는 더 이상 평화와 안전의 냄새가 나지 않았고, 내 주위의 세계가 무너지기 시작했다. 그는 나를 경찰에 넘길 것이다! 나는 범죄자였다. 아버지가 알게 되고 경찰까지 올 것이다. 모든 혼돈의 공포가 나를 위협했고, 모든 흉측하고 위험한 것이 합세해 나에게 맞섰다. 내가 아무것도 훔치지 않았다는 것은 아무 의미 없었다. 내가 훔쳤다고 맹세까지 하지 않았던가!

눈에 눈물이 고였다. 협상을 해야 한다는 생각에 필사적으로 주머니를 있는 대로 다 뒤졌다. 사과 한 알, 주머니칼 하나 없었다. 가진 게 아무것도 없었다. 그때 시계 생각이 났다. 작동하지 않는 낡은 은시계인데 그냥 재미 삼아 차고 다니는 것이었다. 할머니가 주신 것이었다. 나는 그걸 얼른 꺼냈다.

내가 말했다. "크로머, 들어 봐! 날 이르지 마. 그건 옳지 않아. 선물로 내 시계를 줄게. 자, 봐. 이것 말고는 가지고 있는 게 아무것도 없어. 이 시계 가져도 돼. 부품까지 전부 다 은으로 만들어진 거야. 조금 고장 나기는 했지만 고치면 돼."

그는 웃으며 손바닥에 시계를 올려놓고 무게를 가늠했다. 나는 그의 손을 바라보며 그 손이 나에게 얼마나 무자비하며 얼마나 깊이 적대적인지, 내 삶과 평화에 어떻게 손을 뻗어 오는지 느꼈다.

"은으로 만든 거야." 나는 우물거리며 말했다.

"네 구닥다리 은시계 따위에는 관심 없어." 그가 경멸적으로 말했다. "너나 고쳐서 써."

"하지만 프란츠!" 나는 그가 가 버릴지도 모른다는 두려움에 떨며 외쳤다. "기다려. 잠깐만 기다려. 왜 안 갖는다는 거야? 정말 은으로 만든 거라니까. 진짜야. 그리고 난 다른 건 아무것도 없어."

그가 나에게 차갑고 경멸에 찬 눈길을 던졌다.

"그러니까 내가 누구에게 가는지 알긴 아는구나. 아니면 경찰에게 갈 수도 있지……. 나는 경사와 잘 아는 사이거든."

그는 갈 것처럼 몸을 돌렸다. 나는 그의 소매를 잡았다. 그를 가게 해서는 안 된다. 그가 그렇게 가버려서 일어나게 되는 일을 겪느니 차라리 죽는 게 나았다.

"프란츠." 흥분으로 목이 쉬어 내가 애원했다. "바보 같은 짓 하지 마. 그냥 장난하는 거지?"

"그럼, 장난이고말고. 그런데 돈이 좀 드는 장난이 될 수도 있지."

"내가 어떻게 해야 하는지 말해 줘, 프란츠. 하라는 대로 뭐든

할게."

그는 실눈으로 나를 위아래로 훑어보더니 다시 웃었다.

"바보같이 굴지 마." 그가 짐짓 밝은 목소리로 말했다. "내가 2마르크를 벌 수 있는 입장에 있다는 걸 너도 나만큼 잘 알잖아. 그런 돈을 내팽개칠 만큼 난 부자가 아니지만 넌 부자지. 시계도 있잖아. 넌 내게 2마르크를 주기만 하면 돼. 그러면 만사 오케이지."

나는 그의 논리가 이해됐다. 하지만 2마르크라니! 그건 10마르크, 100마르크, 1,000마르크나 마찬가지로 구할 수 없는 큰돈이었다. 나는 1페니히도 없었다. 어머니가 나를 위해 보관하고 있는 돼지 저금통이 있었다. 친척들이 왔을 때 5페니히나 10페니히 동전을 넣어 주곤 했던 것이다. 그것이 내가 가진 전부였다. 그때만 해도 나에게는 용돈이 없었다.

"난 아무것도 없어." 내가 슬프게 말했다. "난 돈이 한 푼도 없어. 돈 말고 내가 가진 걸 모두 줄게. 장난감 병정도 있고 나침반도 있어. 기다려, 내가 가져다줄게."

크로머의 입이 잠깐 비웃음으로 실룩거렸다. 그러더니 바닥에 침을 퉤 뱉었다.

그가 거칠게 말했다. "허튼소리 집어치워. 나침반이라고! 날 열 받게 하지 마! 너, 잘 들어. 내가 원하는 건 돈이야."

"하지만 난 돈이 없는걸. 돈을 받아 본 적이 없어. 나도 어쩔 수 없다고."

"좋아, 그럼 내일 나한테 2마르크를 가져와. 학교 끝난 뒤 저 아래 시장 근처에서 기다리겠어. 그것으로 끝이야. 돈을 가져오지 않으면 무슨 일이 벌어지는지 보라고."

"하지만 난 돈이 없는데 어디서 그걸 구하라는 거야?"

"너희 집에는 돈 많잖아. 그거야 네가 알아서 할 일이지. 내일 학교 끝나고다. 그리고 분명히 말해 두는데 돈을 가져오지 않으면……." 그는 위압적인 시선을 나에게 던지며 또다시 침을 뱉고는 그림자처럼 사라졌다.

나는 계단을 올라갈 수도 없었다. 내 인생이 산산조각 났다. 도망가서 다시는 돌아오지 않거나 물에 빠져 죽을 생각을 했다. 그러나 이 중 어느 것도 또렷하게 그려지지 않았다. 나는 어둠 속에서 비참함에 나를 맡긴 채 계단 발치에 웅크리고 앉아 있었다. 땔감을 가지러 광주리를 들고 내려오던 리나가 울고 있는 나를 발견했다.

나는 리나에게 아무 말 말아 달라고 부탁하고 위층으로 올라갔다. 유리문 오른쪽에 아버지의 모자와 어머니의 양산이 걸려 있었다. 그것들이 나에게 집에 왔다는 편안한 느낌을 주었다. 탕아가 정겨운 고향 방의 모습과 냄새를 반기듯이 내 마음은 그것들을 기쁘게 반겼다. 그러나 그 모든 것을 이제 나는 잃어버렸다. 그 모든 것은 내 아버지 어머니의 맑고 환한 세계에 속해 있으며 죄를 짓고 낯선 세계로 깊이 내던져진 나는 모험과 죄악에 얽혀 들어 적에게, 위험과 공포와 치욕에게 위협받고 있었다. 모자와 양산, 내가 너무나 좋아하는 오래된 사암 바닥, 홀 장식장 위에 걸려 있는 커다란 그림, 거실에서 들려오는 큰누나의 목소리, 그 모든 것이 예전보다 더 마음에 와 닿고 소중하며 달콤했다. 하지만 그것들은 더 이상 도피처도, 내가 기댈 수 있는 것도 아니었다. 그것들은 틀림없는 비난이 되었다. 이 중 어느 것도 더 이상 내 것이 아니었고, 이 고요하고 기분 좋은 것에 나는 더 이상 낄 수 없었다. 진흙이 묻어 더러워진 내 발을 나는 깔개에 닦을 수도 없었다. 내가 어디를 가든 이 고향의 세계는 알지 못하는 어둠이 나를 따라다녔다. 나에게는 비밀이 얼마나 많았던가. 얼마나 자주 나는 두려워했던가. 그러나 그 모든 것은 오늘 내가 집에 끌어들인 것에 비하면 어린애 장난이었다. 나는 나를 향해 손을 뻗어 오는 불행에 사로잡혔다. 그것은 어머니가 알아서는 안 되므로 어머니도 보호해주지 못하는 것이었다. 내 죄가 도둑질인지 거짓말인지는 중요하지 않았다. 하나님과 신성한 모든 것을 걸고 거짓 맹세를 하지 않았던가? 내 죄는 구체적으로 이것이나 저것이 아니라 악마와 손을 잡은 것이었다. 내가 왜 따라갔을까? 왜 나는 일찍이 아버지 말에 따랐던 것보다 더 잘 크로머의 말에 따랐을까? 왜 나는 이야기를 지어내 무슨 영웅적인 행위라도 되는 것처럼 나쁜 짓을 뽐냈을까? 악마가 나를 손아귀에 넣었고, 적이 나를 뒤쫓았다.

처음에는 이제부터 나의 길이 어둠 속 저 아래로 점점 더 깊이 이어지리라는 무서운 확신에 비하면 내일 일어날 일이 그다지 두렵지 않았다. 이 죄 하나에서 새로운 죄가 자라날 것임을, 거짓으로 누이들 가운데 끼여 부모님께 인사하고 키스할 것임을, 마음속 깊숙이 감춰진 거짓 삶을 살 것임을 나는 뼈저리게 느꼈다.

아빠의 모자를 물끄러미 보고 있자니 한순간 희망과 확신이 내 안에서 깜박거렸다. 아버지에게 모든 것을 말하고 아버지의 판

결과 처벌을 받아들여 아버지를 나의 고해 신부이자 구세주로 만드는 거야. 그것은 내가 자주 했던 참회에 불과하겠지. 가혹하고 힘든 시간이자 후회에 차 힘들게 용서를 구하는 것에 불과할 거야.

그 생각이 얼마나 달콤하고 매혹적으로 들렸던가! 그러나 소용 없었다. 나는 내가 그렇게 하지 않으리라는 것을 알고 있었다. 이제 나에게는 비밀이, 혼자 속죄해야 할 죄가 있다는 것을 알고 있었다. 어쩌면 나는 갈림길에 서 있는지도 몰랐다. 어쩌면 나는 이제 영원히 나쁜 사람들 쪽에 속하게 되어 그들의 비밀을 나누고, 그들에게 의지하며, 그들에게 복종하고, 그들과 같은 부류의 사람이 되어야 하는지도 몰랐다. 나는 어른인 척, 영웅인 척 굴었다. 이제 나는 그 대가를 감당해야 했다.

나는 아버지가 내 진흙 투성이 장화를 나무라시자 기뻤다. 진짜 문제에서 빗겨남으로써 그것이 아버지의 관심을 다른 데로 쏠리게 해서 나는 다른 좀 더 심각한 잘못으로 몰래 전가시킬 수 있었던 꾸짖음을 견딜 수 있었다. 이때 낯설고 새로운 느낌 하나가 나를 사로잡았다. 기분 좋게 톡 쏘는 느낌이었다. 아버지보다 내가 우월하다고 느꼈던 것이다! 잠깐 동안 아버지가 모른다는 것에 대해 어떤 혐오를 느꼈다. 진흙 묻은 장화에 대해 나를 나무라시는 아버지가 측은하게 느껴졌다. "아버지가 아신다면"이라는 생각이 내 머리를 스치고 지나갔다. 진짜 죄는 살인인데 빵 한 덩어리 훔친 죄에 대해 심문 받고 있는 범죄자처럼 나는 거기 서 있었다. 그것은 혐오스럽고 꺼림칙한 느낌이었지만 강렬하면서도 깊이 끌어당기는 힘이 있었다. 그 느낌은 다른 어떤 것보다도 내 비밀과 내 죄에 나를 더 단단히 옭아맸다. 크로머가 지금쯤 경찰에 가서 나를 신고했을지도 모른다는 생각이 들었다. 뇌우가 내 머리 위로 몰려들고 있었다. 이런 와중에 그들은 나를 계속해서 어린애처럼 대하고 있었다.

이 순간이 모든 경험 가운데 가장 중요하고 영원한 순간이었다. 아버지의 신성한 이미지에 처음으로 금이 간 순간이었다. 내 어린 시절을 지탱했던 기둥에, 누구든 자기 자신이 되기 위해서는 먼저 파괴해야 하는 기둥에 생긴 첫 균열이었다. 우리 운명의 내면적이고 본질적인 선은 그렇게 눈에 보이지 않는 경험들로 이루어져 있다. 그러한 금과 균열은 다시 함께 커지고 치유되고 잊혀지지만 가장 깊은 내밀한 곳에 계속 살아 있고 피 흘린다.

나는 곧 이 새로운 느낌이 너무나 두려워 아버지 앞에 엎드려 아버지의 발에 키스하고 용서를 구할 수도 있었다. 그러나 근본적인 것에 대해서는 누구도 사죄할 수 없는 법이다. 어린아이도 그 정도는 어느 현자 못지않게 느끼고 안다.

내가 처하게 된 새로운 상황에 대해 생각해 보고 내일 어떻게 하면 좋을지 궁리해 봐야 할 필요성을 느꼈다. 그러나 그럴 짬을 내지 못했다. 저녁 내내 나는 우리 집 거실의 바뀐 공기에 적응하느라 여념이 없었다. 벽시계와 탁자, 성경책과 거울, 책장과 벽에 걸린 그림들이 나를 두고 떠나가고 있었다. 나는 나의 세계가, 나의 선하고 행복하고 근심 없던 삶이 과거가 되어 나로부터 떨어져 나가는 것을 서늘한 마음으로 바라보아야 했다. 그리고 내가 바깥의 어둡고 낯선 세계에 매여 새로운 뿌리로 단단히 묶여 있음을 느껴야 했다. 내 생애 처음으로 죽음을 맛보았다. 죽음은 쓴맛이었다. 죽는 것은 태어나는 것이기 때문이고, 완전히 새로 태어나는 것에 대한 공포와 두려움이기 때문이었다.

마침내 침대에 눕게 되자 기뻤다. 바로 조금 전 나는 저녁 기도를 내 마지막 고통으로서 견뎌내야 했다. 우리는 찬송가를 불렀는데 내가 좋아하는 곡이었다. 나는 같이 부를 수 없었다. 음 하나하나가 쓰라렸던 것이다. 아버지가 기도를 읊조리며 "신이여, 저희와 함께 하소서!"하고 끝마칠 때 내 안에서 어떤 것이 부서지며 이 친밀한 사람들로부터 영원히 버림받았다. 신의 은총은 그들 모두와 함께 했지만 더 이상 나와는 함께 하지 않았다. 떨고 몹시 지친 상태로 나는 자리를 떠났다.

따뜻함과 안전함에 감싸여 잠시 침대에 누워 있자니 두려운 마음이 다시 혼란 속으로 되돌아가 이제는 과거가 된 일 위를 걱정스럽게 맴돌았다. 어머니는 언제나처럼 나에게 잘 자라는 인사를 해 주셨다. 다른 방에서 울리는 어머니의 발소리가 들렸다. 촛불이 아직 문틈으로 비치며 빛나고 있었다. 나는 생각했다. 지금, 바로 지금 어머니가 다시 되돌아오실 것이다. 뭔가를 감지하고는 나에게 키스해 주며 미더운 목소리로 다정하게 물으실 것이다. 그러면 나는 눈물을 흘리겠지. 그러면 내 목에 걸린 돌덩어리가 녹겠지. 그리고 나는 어머니를 껴안겠지. 그러고 나면 다 해결되겠지. 나는 구원받을 거야! 문틈이 어두워지고 나서도 나는 계속 귀기울이며 그 일이 정말 일어날 거라고 확신했다.

그러고는 내 문제로 돌아와 내 적의 눈을 바라보았다. 나는 그를 분명하게 볼 수 있었다. 그는 한쪽 눈을 가늘게 치켜뜨고 입을 일그러뜨리며 야비한 미소를 짓고 있었다. 그를 보고 있자니 피할 수 없는 일이라는 확신이 점점 더 커지면서 그가 점점 더 커지고 추악해졌다. 그의 사악한 눈이 악마처럼 번득였다. 잠들 때까지 그는 바로 내 옆에 있었다. 그러나 그의 꿈도, 그날 있었던 일의 꿈도 꾸지 않았다. 그 대신 휴일의 완벽한 평화와 광채에 둘러싸여 부모님과 누이들과 내가 배를 타고 떠나가는 꿈을 꾸었다. 한밤중에 이 행복의 뒷맛을 느끼며 잠에서 깨어났다. 내가 낙원에서 떨어져 현실로 돌아와 다시 그 적과, 그의 사악한 눈과 정면으로 마주했을 때도 누이들의 하얀 여름 원피스가 햇빛에 일렁이는 모습이 보였다.

　　다음날 아침, 어머니가 늦었다며 왜 아직까지 침대에 있느냐고 소리치며 서둘러 올라오셨을 때 내 안색은 좋지 않았다. 어머니가 어디 아프냐고 묻자 나는 토해 버렸다.

　　토하고 나니 좀 나아진 것 같았다. 나는 몸이 좀 안 좋을 때면 오전 내내 침대에 누워 캐모마일 차를 마시며 어머니가 다른 방들을 치우거나 리나가 복도에서 푸주한과 흥정하는 소리 듣는 것을 좋아했다. 학교에 가지 않는 오전은 동화처럼 마력적인 데가 있었다. 방 안에 어른거리는 햇살은 학교에서 초록 커튼이 쳐져 있을 때 밖에 드리워진 햇살과는 달랐다. 그러나 오늘은 그마저도 전혀 즐겁지 않았다. 뭔가 거짓된 것이 있었다.

　　죽어 버릴 수만 있다면! 그러나 전에도 자주 그랬던 것처럼 나는 단지 몸이 조금 안 좋은 것뿐이고 그것은 아무 도움도 되지 않았다. 아파서 학교에는 가지 않아도 되지만 시장에서 11시에 나를 기다릴 프란츠 크로머에게는 가야 했다. 어머니의 다정함도 나를 위로해 주기는커녕 괴롭고 성가시기만 했다. 혼자 생각을 좀 해보려고 다시 잠든 척했다. 그러나 뾰족한 수가 없었다. 11시에 나는 시장에 가야 했다. 10시에 나는 조용히 옷을 입고 몸이 나아졌다고 말했다. 이런 상황에서 대답은 대개 이랬다. 바로 다시 침대로 돌아가거나 오후에 학교에 가야 했다. 나는 학교에 가고 싶다고 말했다. 생각해 둔 계획 하나가 있었다.

돈 한 푼 없이 크로머를 만날 수는 없었다. 내 돼지 저금통을 가져와야 했다. 충분한 돈이 들어 있지 않다는 것은 알고 있었다. 어림도 없었다. 그래도 얼마는 되었다. 얼마라도 있는 게 아예 없는 것보다는 나으며 크로머를 달랠 수는 있을 거라는 생각이 들었다.

나는 죄책감을 느끼며 양말 바람으로 어머니 방에 살금살금 들어가 책상에서 돼지 저금통을 들었다. 하지만 어제 크로머와 있었던 일만큼 나쁘지는 않았다. 심장이 너무 빨리 뛰어 숨이 막힐 지경이었다. 아래층으로 내려와 저금통이 잠겨 있는 것을 발견했을 때도 진정이 되지 않았다. 저금통을 억지로 여는 것은 쉬웠다. 은 양철판으로 된 격자를 뜯기만 하면 되는 일이었다. 하지만 그걸 부수고 있자니 마음이 아팠다. 이제 나는 정말로 도둑질을 한 것이다. 그때까지만 해도 나는 각설탕이나 과일 정도만 슬쩍했다. 내가 훔친 것이 내 돈이라고는 해도 이번에는 훨씬 더 심각한 도둑질이었다. 나는 내가 크로머와 그의 세계에 얼마나 한 발 더 가까워졌으며, 시시각각 나와 관련된 모든 것이 바닥으로 떨어지리라는 것을 느꼈다. 나는 고집스럽게 마음을 다잡기 시작했다. 내 코가 석 자다! 이제 돌이킬 수도 없었다. 나는 초조하게 돈을 셌다. 소리로는 돼지 저금통에 훨씬 더 많이 들어 있는 것 같았는데 내 손에는 괴로울 정도로 적은 액수가 놓여 있었다. 65페니히였다. 나는 저금통을 1층에 숨기고 돈을 손에 꼭 쥔 채 집을 나섰다. 예전에 그 문을 지났던 그 어느 때와도 훨씬 다른 기분으로. 위층에서 누군가가 나를 부르는 것 같은 기분이 들었지만 얼른 그 자리를 떠났다.

시간은 아직 많이 남아 있었다. 나는 아주 먼 길로 돌아서 예전에는 본 적 없던 구름 낀 하늘 아래를, 의심의 눈초리로 나를 바라보는 사람들과 요란한 집들을 지나쳐, 달라진 도시의 작은 골목들을 조용히 빠져나왔다. 그때 같은 학교 다니는 한 친구가 가축시장에서 1탈러를 주웠던 일이 떠올랐다. 신이 기적을 행하여 나에게도 그런 일이 있게 해달라고 기꺼이 무릎 꿇고 기도라도 드리고 싶었다. 그러나 나에게는 기도할 권리가 없었다. 그리고 설혹 그렇게 된다 하더라도 저금통을 원상 복귀하려면 기적이 한 번 더 필요할 것이었다.

프란츠 크로머는 멀리서 나를 알아보았다. 하지만 그는 서두르지 않고 다가와서는 나를 못 본 척했다. 가까이 왔을 때 그는 위압적으로 나에게 따라오라는 몸짓을 하고는 뒤 한 번 돌아보지 않고 조용히 슈트로가세를 걸어 내려가 작은 판자 다리를 건너 변두리에 있는 새로 짓고 있는 건물 앞에 멈추었다. 주위에 인부들도 없고, 벽은 문과 창문도 없이 썰렁했다. 크로머는 주위를 둘러보더니 입구를 지나 집 안으로 들어갔다. 나도 따라 들어갔다. 그는 벽 뒤로 가더니 나에게 신호를 보내고는 내게 손을 내밀었다.

"가져왔어?" 그가 쌀쌀맞게 물었다.

나는 주먹 쥔 손을 호주머니에서 꺼내 그의 쫙 편 손바닥에 돈을 쏟아 놓았다. 그는 마지막 페니히 동전이 쨍그랑 떨어지기도 전에 돈을 셌다.

"65페니히잖아." 그가 말하며 나를 바라보았다.

"응." 나는 긴장해서 말했다. "이게 내가 가진 전부야. 충분하지 않다는 건 알지만 그게 내가 가진 전부야."

"난 네가 좀 더 똑똑한 줄 알았는데." 그가 거의 온화한 어조로 나무라듯 말했다. "명예를 아는 남자라면 일을 제대로 해야지. 난 계산이 맞지 않으면 너한테서 아무것도 받고 싶지 않아. 네 동전들은 가져가, 자! 딴 데 가면 에누리 없이 다 받을 수 있어. 거기가 어딘지는 너도 알지. 그는 전부 지불할 거라고."

"하지만 난 정말로 더는 없어. 그게 내 저금통에 있던 전부야."

"그거야 네 사정이지. 하지만 난 너를 불행하게 하고 싶지는 않아. 넌 나한테 1마르크 35페니히 빚진 거야. 언제 받을 수 있지?"

"아, 틀림없이 줄게, 크로머. 지금 당장은 언제가 될지 모르지만 어쩌면 내일이나 모레 좀 더 줄게. 내가 아버지에게 이 일에 대해 말할 수 없다는 건 너도 이해하잖아."

"그거야 내 알 바 아니지. 난 너에게 해가 되는 일은 하고 싶지 않다니까. 너도 알겠지만 난 내가 원하기만 하면 점심 전에 내 돈을 가질 수도 있어. 난 가난해. 넌 비싼 옷을 입고 나보다 잘 먹잖아. 하지만 난 아무 말 않겠어. 조금은 기다릴 수 있지. 모레 내가 휘파람을 불겠어. 내 휘파람 소리 알지?"

그가 휘파람을 불어 들려 주었다. 예전에 들은 적이 있었다.

"응." 내가 말했다. "알아."

그는 나를 한 번도 본 적 없는 사람처럼 나를 두고 갔다. 그것은 우리 둘 사이의 거래였을 뿐 더는 아무것도 아니었다.

크로머의 휘파람 소리가 갑자기 다시 들린다면 지금이라도 나는 깜짝 놀랄 것이다. 그때부터 나는 그 소리를 거듭 듣게 되었으며 항상 들리는 것 같았다. 이 휘파람 소리가 뚫고 들어가지 못하는 장소도, 놀이도, 행위도, 생각도 없었다. 그 휘파람 소리는 나를 그의 노예로 만들었고 내 운명이 되었다. 단풍이 고운 온화한 가을날 오후면 나는 내가 너무나 좋아하는 우리 집 작은 화원에 자주 들어가 있곤 했다. 좀 더 어렸을 때 했던 유치한 놀이를 다시한 번 하고 싶은 묘한 충동이 일었던 것이다. 말하자면 나는 나보다 더 어린 누군가의 역할을, 아직 착하고 자유로우며 순결하고 안전한 누군가의 역할을 하고 있었다. 그러나 어딘가에서부터 이 피난처 한가운데로 크로머의 휘파람 소리가 솟아나 그 놀이를 파괴하고 내 환상을 짓밟았다. 그러면 나는 정원을 떠나 나를 괴롭히는 사람을 따라 사악하고 추악한 곳으로 가 내가 돈이 없는 이유를 설명하고 돈을 내놓으라는 압력을 받아야 했다. 그 일 전체가 지속된 것은 아마 몇 주였겠지만 나에게는 몇 년처럼, 영원처럼 느껴졌다. 나에게 돈이 있는 경우는 드물었다. 기껏해야 5페니히나 10페니히짜리 동전 하나가 전부였다. 리나가 장바구니를 아무렇게나 놓아두면 부엌 탁자에서 훔친 것이었다. 크로머는 매번 나를 비난하며 더욱 더 업신여겼다. 내가 그를 기만하고 있으며, 마땅히 그가 가져야 하는 것을 탈취하고 있으며, 그의 것을 가로채서 그를 비참하게 한다는 것이었다. 내 인생을 통틀어 그토록 괴로웠던 적은 없었다. 그보다 더 절망적이고 그보다 더 노예라고 느낀 적은 없었다.

돼지 저금통은 장난감 돈으로 채워 어머니의 책상에 다시 가져다 놓았다. 그것에 대해 묻는 사람은 아무도 없었지만 그럴 가능성이 있다는 생각이 한시도 머리를 떠나지 않았다. 크로머의 무자비한 휘파람 소리보다 나를 훨씬 더 두렵게 한 것은 어머니가 나에게 다가오는 발걸음이었다. 돼지 저금통에 대해 물어보려고 오시는 건 아닐까 해서였다.

나를 괴롭히는 사람을 빈손으로 만나야 하는 일이 많았기 때문에 그는 나를 괴롭히고 이용하는 다른 방법을 찾기 시작했다. 나는 그를 위해 일해야 했다. 그는 자기 아버지를 위해 다양한 심부름을 해야 했는데 내가 대신 그 일을 해야 했다. 아니면 하기 힘든 묘기를 해 보라고 했다. 한 발로 10분 동안 깡총깡총 뛰라고 하거나 지나가는 사람의 코트에 종잇조각을 붙이라고 했다. 수많은 밤, 꿈속에서도 이 고문들은 계속되어 나는 악몽의 땀에 흠뻑 젖어 누워 있곤 했다.

한동안 나는 실제로 아팠다. 자주 토했고, 자주 오한이 나며 체온이 떨어졌지만 밤에는 열이 나고 땀을 흘렸다. 어머니는 뭔가 이상하다는 걸 감지하고 마음을 써 주셨지만 어머니에게 털어놓음으로써 보답할 수 없기 때문에 그것이 나를 더 괴롭혔다.

어느 날 밤, 내가 잠자리에 들었을 때 어머니가 초콜릿을 가져오셨다. 착하게 굴면 자기 전에 그런 상을 받곤 했던 옛날이 떠올랐다. 이제 어머니가 저기 서서 나에게 초콜릿 조각을 내밀고 계셨다. 그걸 보고 있기가 너무나 고통스러워서 나는 머리를 가로젓기만 했다. 어머니는 나에게 왜 그러느냐고 물으며 내 머리를 쓰다듬으셨다. 나는 다만 "아니, 아니, 아무것도 먹고 싶지 않아요"라고 대답할 수 있을 뿐이었다. 어머니는 초콜릿을 침대 옆 작은 탁자에 두고 나가셨다. 다음날 아침, 어머니가 어젯밤 내 행동에 대해 묻고 싶어 하자 나는 그 일을 완전히 잊어버린 척했다. 한번은 어머니가 의사를 불러 오셨다. 의사는 나를 진찰하고 아침에 찬 물로 목욕하라는 처방을 내렸다.

그 당시 내 상태는 일종의 착란이었다. 우리 집의 질서 정연한 평화 속에서 나는 잔뜩 겁먹은 채 괴로워하며 유령처럼 살았다. 나는 다른 사람들의 삶에 끼지 않았다. 한 번에 한 시간 동안이라도 내 자신을 잊고 있는 일은 거의 없었다. 화가 나서 나에게 무슨 일이냐고 묻는 아버지에게는 철저히 냉정하게 대했다.

구원은 전혀 예상치 못했던 곳에서 왔다. 동시에 내 삶에 새로운 요소가 들어와 바로 오늘까지 영향을 미치고 있다.

우리 학교에 학생 한 명이 새로 들어왔다. 그는 우리 도시로 이사 온 부유한 미망인의 아들로 소매에 상중임을 나타내는 검은 띠를 두르고 있었다. 그는 나보다 몇 살 위여서 나보다 한 학년 높은 반에 배정되었다. 그러나 다른 아이들과 마찬가지로 나 역시 그를 주목하지 않을 수 없었다. 눈에 띄는 이 학생은 보기보다 훨씬 나이 들어 보여서 누구에게도 소년이라는 인상을 주지 않았다. 우리들과 달리 그는 낯설고 성숙해 보였다. 남자, 아니 신사 같았다. 인기가 있는 건 아니었다. 그는 우리들이 하는 놀이에 끼지 않았고, 통상적으로 벌이는 싸움질에는 더더욱 끼지 않았다. 다만 선생님들을 대하는 그의 단호하고 자신감 있는 말투가 학생들의 감탄을 자아냈다. 그의 이름은 막스 데미안이었다.

어느 날, 간혹 그러듯이 무슨 이유에선가 우리 반이 쓰는 넓은 교실로 다른 반 하나가 추가로 배정되었다. 데미안네 반이었다. 우리는 성서 시간이었고, 그 반은 작문을 해야 했다. 카인과 아벨 이야기를 귀가 따갑도록 들으면서 나는 나를 묘하게 매료시키는 데미안을 계속 쳐다보았다. 지적이고 환하고 눈에 띄게 단호한 얼굴이 작문 과제 위로 주의 깊게 골똘한 모습으로 숙여져 있는 것을 보았다. 그는 전혀 과제를 하고 있는 학생처럼은 보이지 않았다. 오히려 자신의 문제를 탐구하고 있는 과학자처럼 보였다. 호감 가는 인상은 아니었다. 반대로 거부감이 들었다. 그는 지나치게 우월하고 초연해 보였다. 그의 태도는 도발적일 정도로 너무 자신만만하였으며, 그의 눈에는 아이들이 결코 좋아하지 않는 어른 같은 표정이 어려 있어 어렴풋이 슬픈 냉소의 빛을 띠었다. 하지만 그가 좋건 싫건 간에 그를 쳐다보지 않을 수 없었는데, 그가 어쩌다 우연히 내 쪽을 바라보기라도 하면 나는 황황히 눈길을 돌렸다. 이제 와서 그 일을 돌이켜 볼 때 그 당시에 그가 학생으로서 어떤 모습이었는지 내가 말할 수 있는 것은 이것뿐이다. 그는 모든 면에서 다른 학생들과 달랐으며, 온전히 그 자신이었고, 눈에 띄려고 노력하지 않아도 도드라질 수 밖에 없는 그만의 특징을 가지고 있었다. 그의 태도와 거동은 농장 일꾼들 틈에 끼어 어떻게든 그들처럼 보이려고 애쓰는 변장한 왕자 같았다.

학교가 파하고 집으로 돌아가는데 그가 내 뒤에서 걸어왔다. 다른 아이들이 뿔뿔이 흩어지고 나자 그가 나를 따라잡고는 인사했다. 인사하는 그의 태도는 우리 같은 학생들 말투를 따라 하려고 노력했음에도 불구하고 너무나도 어른스럽고 공손했다.

"잠깐 같이 걸어도 될까?" 그가 물었다. 나는 우쭐한 기분에 고개를 끄덕였다. 그러고는 그에게 내가 어디 사는지 말해 주었다.

"아, 거기?" 그가 웃으며 말했다. "그 집 알아. 현관 위에 특이한 것이 있잖아. 보는 순간 관심이 가더라."

그가 무슨 말을 하는지 나는 금방 알아듣지 못했다. 아무래도 그가 우리 집을 나보다 더 잘 아는 것 같아 놀라웠다. 아마도 현관 위 아치의 쐐기돌에 있는 가문의 문장(紋章) 같은 걸 말하는 것 같은데 세월이 흐르면서 닳아 자주 덧칠된 것이었다. 내가 알기로 그것은 우리 집안과 아무 상관 없었다.

"그것에 대해서는 아는 게 없어." 나는 부끄러워하며 말했다. "새나 그 비슷한 건데 아주 오래된 것일 거야. 그 집은 한때 수도원의 일부였거든."

"그럴 수도 있겠네." 그가 고개를 끄덕였다. "언제든 그걸 한번 잘 봐. 그런 것들은 아주 재미있는 데가 있거든. 그건 아마 새매일 거야."

우리는 계속 걸었다. 나는 자꾸 신경이 쓰였다. 뭔가 재미있는 일이 떠오른 것처럼 갑자기 데미안이 웃음을 터뜨렸다.

"맞다, 우리 수업 같이 받았을 때," 그가 갑자기 큰 소리로 말했다. "이마에 표지가 있는 카인 이야기 말이야. 마음에 들어?"

아니, 마음에 들지 않았다. 우리가 배워야 했던 것을 내가 좋아하는 경우는 거의 없었다. 하지만 나는 감히 그것을 털어놓지 않았다. 어른이 말을 걸고 있는 것처럼 느껴졌기 때문이다. 그 이야기에 별로 관심 없다고 말하자 데미안이 내 등을 툭 쳤다.

"나한테 연극할 필요 없어. 사실 그 이야기에는 꽤 주목할 만한 데가 있어. 학교에서 배우는 대부분의 이야기들보다 훨씬 더 주목할 만하지. 너희 선생님은 아주 깊이는 들어가지 않고 신과 죄악 따위에 관한 평범한 이야기만 언급하셨지. 그런데 내 생각에는……." 그는 말을 멈추더니 미소를 지으며 물었다. "이런 것에 관심 있니?"

"그러니까, 내 생각에는" 그가 계속했다. "카인에 대한 이 이야기를 상당히 다르게 해석할 수도 있다는 거야. 우리가 배우는 대부분의 것들이 꽤 옳고 사실인 것은 맞지만, 선생님들과는 완전히 다른 각도에서 그 모든 것들을 볼 수 있다는 말이지. 그러면 대개는 훨씬 더 앞뒤가 맞거든. 예를 들어 카인과 그의 이마에 있는 표지에 대해 우리가 들은 설명이 아주 만족스럽지는 않잖아. 안 그래? 어떤 사람이 돌로 형제를 죽이고는 두려움에 사로잡혀 회개하는 건 얼마든지 있을 수 있는 일이야. 그러나 그가 자신의 비겁함에 대해 특별한 훈장을 받고, 그 표지가 그를 보호하며 다른 모든 사람들에게 겁을 준다니 정말 이상하지 않니?"

"그렇긴 하지." 내가 흥미를 보이며 말했다. 그 생각에 마음이 끌리기 시작했다. "하지만 그 이야기를 해석하는 어떤 다른 방법이 있다는 거지?"

그가 내 어깨를 가볍게 쳤다.

"아주 간단해! 그 이야기의 진짜 시작이 되는 첫 번째 요소는 표지였어. 얼굴에 다른 사람들을 두렵게 하는 뭔가가 있는 한 남자가 있었어. 사람들은 감히 그를 건드리지 못했지. 그는 그들에게 강한 인상을 남겼어. 그와 그의 자손들이 말이야. 어쩌면, 아니 분명히 그것은 그의 이마에 우체국 소인처럼 찍힌 표지는 아니었을 거야. 인생이 그렇게 명료하고 단순한 경우는 거의 없지. 그는 사람들에게 어딘가 불길하다는 인상을, 시선에 보통 사람들보다 더 뛰어난 지성과 대담함이 있다는 인상을 주었을 가능성이 더 커. 이 남자에게는 힘이 있어서 그에게 다가갈 때면 경외감이 들었을 거야. 그에게는 '표지'가 있었지. 사람들은 이걸 자기가 원하는 방식으로 설명할 수 있었고. 사람들은 항상 자신들이 받아들일 만하고 옳은 것을 원하지. 사람들은 '표지'가 있는 카인의 자손들을 두려워했어. 그래서 그 표지를 원래대로 탁월함의 표지로 해석하지 않고 그 반대로 한 거야. 사람들은 말했어. '표지를 가진 자들은 이상한 자들이라고.' 그리고 그들은 실제로 그랬지. 용기와 개성을 가진 사람은 언제나 다른 사람들에게는 불길해 보이지. 두려움을 모르는 불길한 족속이 자유롭게 돌아다니는 것이 물의가 되었지. 그래서 사람들은 별명과 신화 하나를 붙여 주었어. 이들에게 앙갚음하고 오랫동안 자신들이 느꼈던 두려움을 보상하기 위해. 이해되니?"

"응, 그러니까 카인은 전혀 나쁘지 않다는 거잖아? 그리고 성경에 나오는 그 모든 이야기가 사실은 확실한 게 아니라는 거지?"

"그렇기도 하고 아니기도 해. 그렇게 예로부터 전해 내려오는 이야기들은 언제나 사실이지만 꼭 제대로 기록되지도, 정확히 해석되지도 않아. 간단히 말해서, 내 생각에 카인은 괜찮은 사람이었는데 사람들이 그를 두려워했기 때문에 그에게 덮어씌운 것 같다는 거야. 그 이야기는 그저 소문이었어. 사람들이 수군대는 그런 이야기 말이야. 카인과 그의 자손들이 대부분의 사람들과는 다른 어떤 표지 같은 것을 실제로 지니고 있었다는 것은 사실이지."

나는 몹시 놀랐다.

"그럼 자기 형제를 죽인 것도 사실이 아니라고 믿는 거야?" 나는 완전히 빠져들어 물었다.

"아, 그건 틀림없는 사실이야. 강한 사람이 약한 사람을 죽였지. 그것이 정말 자기 형제였는지는 확실치 않지만 그건 중요하지 않아. 궁극적으로 모든 사람은 형제니까. 그러니까 강한 사람이 약한 사람을 죽인 거지. 진실로 용맹한 행위였을 수도 있고 아닐 수도 있지. 어쨌든 다른 모든 약한 사람들은 그때부터 그를 두려워했고 씁쓸히 투덜댔지. 그들에게 '왜 당신들도 태도를 바꿔 그를 죽이지 않는 거지?'라고 물으면 그들은 '우리는 겁쟁이니까'라고 대답하는 게 아니라 '그럴 수 없어요. 그에게는 표지가 있거든요. 신이 그에게 준 표지 말이에요'라고 대답했지. 그런 식으로 그 사기극이 시작되었겠지. 아, 이런, 널 붙잡고 있는 것 좀 봐. 그럼 안녕."

그가 알트가세로 꺾어 들고 나자 나는 내 삶에서 그 어느 때보다 혼란스러워하며 거기에 서 있었다. 하지만 그의 모습이 사라지자마자 그가 말했던 모든 것이 터무니없어 보였다. 카인이 고귀한 인간이고, 아벨이 겁쟁이라니! 카인의 표지가 탁월함의 표지라니! 터무니없고 불경스러우며 사악했다. 그럼 신은 어디 간 거야? 신은 아벨의 제물을 받지 않았던가? 신은 아벨을 사랑하지 않았던가? 아니, 데미안이 한 말은 완전히 말도 안 되는 소리였다. 그리하여 나는 데미안이 나를 놀리고 오락가락하게 할 심산이었던 거라고 짐작했다. 그는 참으로 똑똑하고 말도 잘했다. 하지만 그는 구워삶지 못했다. 나를 구워삶지는 못했다!

나는 지금까지 성서 속 이야기나 다른 어떤 이야기에 대해서도 그렇게 많은 생각을 해 본 적이 없었다. 그리고 오랫동안 프란츠 크로머를 그렇게 완전히 사실상 저녁 내내 여러 시간 동안 잊고 있은 적도 없었다. 집에서 성경에 써 있는 그 이야기를 다시 한번 읽어 보았다. 간결하고 명료한 이야기였다. 감춰진 특별한 의미를 찾는다는 건 완전히 미친 짓이었다. 데미안의 말대로라면 모든 살인자가 자신이 신의 총아라고 선언할 수 있었다! 아니다, 데미안이 한 말은 말도 안 되는 소리였다. 그런 이야기를 아무렇지도 않게 마치 모든 것이 자명한 것처럼 게다가 그런 눈빛으로 세련되게 할 수 있다는 게 놀라웠다!

그러나 나에게도 뭔가 문제가 생겼다. 내 삶은 아주 큰 혼란에 빠졌다. 과거에 나는 바람직하고 깨끗한 세계에 살며 내 자신이 아벨 같은 사람이었다. 그리고 이제 나는 "다른 세계"에 깊이 갇혀 더 바닥까지 떨어져 가라앉아 있었다. 하지만 그것이 근본적으로 내 잘못은 아니었다! 나는 어떻게 그렇게 생각하게 된 걸까? 그리고 이제 내 안에서 기억 하나가 퍼뜩 떠올라 한순간 거의 숨을 쉴 수가 없었다. 내 비참한 상황이 시작된 그 운명의 저녁, 아버지와 관련해서 문제가 생겼었다. 한순간 나는 아버지와 빛과 지혜의 세계인 아버지의 세계를 꿰뚫어 보고 경멸만을 느꼈다. 그렇다. 바로 그 순간 카인이었고 표지를 달고 있었던 나는 이 표지가 치욕의 표지가 아니라고, 내 악행과 불행 때문에 나는 아버지와 경건하고 도덕적인 사람들보다 더 높은 곳에 있다고 상상했었다.

내가 그 순간을 이렇듯 명확하게 표현된 생각의 형태로 체험한 것은 아니었지만 이 모든 것이 그 안에 담겨 있었다. 그것은 아프면서도 동시에 자랑스러움으로 나를 가득 채웠던, 감정과 기이한 각성의 분출이었다.

데미안이 두려움 없는 사람들과 겁쟁이들에 대해 얼마나 이상하게 이야기했는지, 카인이 이마에 가지고 있던 표지에 대해 얼마나 기이하게 해석했는지, 그의 어른 같은 독특한 눈이 어떻게 빛났는지를 생각하다 보니 데미안 그 자신이 카인 같은 존재는 아닐까 하는 의문이 뇌리를 스치고 지나갔다. 동질감을 느끼지 않는다면 왜 그가 카인을 옹호하겠는가? 왜 그의 시선에는 그렇게 강한 힘이 있는 걸까? 왜 그는 '다른 사람들'이 용기 없는 사람들이라고 그렇게 경멸적으로 말하는 걸까? 그들은 사실 신에게 선택된 경건한 사람들인데.

나는 아무 결론도 내리지 못한 채 이런 생각을 했다. 돌멩이 하나가 내 우물 안으로 떨어졌다. 그 우물은 내 젊은 영혼이었다. 그리고 아주 오랫동안 카인의 친족 살해와 '표지'에 관한 이 문제는 나에게 있어 인식에 대한 모든 시도와 회의, 비판의 출발점이었다.

나는 데미안이 다른 학생들의 마음도 똑같이 사로잡는다는 것을 알아차렸다. 그가 한 카인 이야기를 아무에게도 말하지 않았지만 다른 아이들도 그에게 관심이 있는 것 같았다. 어쨌든 그 '새로 온 아이'에 대해 많은 소문이 돌았다. 내가 그 소문 모두를 지금 기억할 수만 있다면 그 소문 하나하나가 그를 이해하는 실마리가 되게 할 수 있을 텐데. 먼저 데미안의 어머니가 부자라는 말을 들었던 기억이 난다. 그리고 어머니와 아들 둘 다 교회에 한 번도 나가지 않았을 거라는 소문도 들었다. 어떤 소문으로는 그들이 유태인이었지만, 어쩌면 은밀한 이슬람교도일 수도 있었다. 게다가 막스 데미안의 전설적인 신체 기량에 대한 소문도 있었다. 그러나 이것은 입증될 수 있었다. 데미안네 반에서 힘이 가장 센 아이가 데미안이 싸움을 받아 주지 않자 겁쟁이라고 부르며 놀렸고 데미안은 그 아이에게 창피를 주었다. 그 자리에 있었던 아이들 말로는 데미안이 한 손으로 그 아이의 목을 움켜 쥐고 그 아이의 얼굴이 창백해질 때까지 쥐고 있었다고 한다. 그 후에 그 아이는 슬금슬금 달아났고 1주일 내내 팔을 사용할 수 없었다. 어느 저녁에는 몇몇 아이들이 그가 죽었다는 주장을 하기도 했다. 한동안 별의별 과장된 주장들까지 믿어졌다. 그렇게 한참 동안 데미안에 대해 실컷 다 떠든 것 같더니 얼마 지나지 않아 다시 소문이 퍼졌다. 어떤 아이들 말에 따르면 데미안이 여자애와 깊은 관계에 있는데 '알 건 다 안다'는 것이었다.

한편, 나와 크로머의 일은 필연적인 과정을 밟아가고 있었다. 나는 그에게서 도망칠 수 없었다. 그가 며칠간 나를 내버려 둘 때 조차도 나는 여전히 그에게 얽매여 있었기 때문이다. 그는 내 꿈에 달라붙어 그가 현실에서 나에게 저지르지 못한 것은 상상을 통해 꿈속에서 나에게 벌어졌다. 꿈속에서 나는 완전히 그의 노예였다. 나는 항상 꿈을 많이 꾸었다. 꿈속에서 나는 현실에서보다 더 많이 움직이고, 이런 그림자들로 인해 나는 건강과 힘이 약해졌다. 자주 꾸는 악몽은 크로머가 항상 나를 학대하고, 침을 뱉으며, 무릎으로 누르고, 심지어는 끔찍한 악행을 저지르라고 사주하는 것이었다. 아니, 사주했다기보다는 오히려 순전한 설득력을 통해 나를 몰아붙이는 것이었다. 내가 반쯤 미쳐서 깨어나는 가장 무서운 악몽은 아버지를 죽이려고 달려드는 꿈이었다. 크로머가 칼을 갈아 내 손에 쥐어 주고, 우리는 길에 있는 가로수 뒤에서 누군가를 기다리고 있었다. 대상이 누구인지 나는 몰랐다. 하지만 어떤 사람이 나타나자 크로머가 내 팔을 꼬집으며 내가 칼로 찔러야 할 사람이 이 자라고 알려 주었다. 그것은 내 아버지였다. 그러다 깨어나곤 했다.

이런 일들과 카인과 아벨 이야기 사이에 여전히 연관을 짓고는 있었지만 막스 데미안 생각은 거의 하지 않았다. 데미안이 나에게 다시 다가온 것은 정말 이상하게도 역시 꿈에서였다. 나는 여전히 괴롭힘 당하는 꿈을 꾸고 있었다. 하지만 이번에 나를 무릎으로 누르는 사람은 데미안이었다. 그리고 이것은 너무나 새로워서 나에게 깊은 인상을 남겼는데, 크로머가 괴롭혔을 때는 거부하고 고통이었던 모든 것을 데미안의 손아귀에서는 내가 기꺼이 감내했다. 두려움과 황홀함이 똑같이 뒤섞인 기분으로. 나는 이 꿈을 두 번 꾸었다. 그러고 나서 크로머가 다시 나오기 시작했다.

수많은 세월이 지나면서 이 꿈들에서 겪은 것과 현실에서 겪은 것을 나는 분간할 수 없게 되었다. 아무튼 크로머와의 나쁜 관계는 지속되었고, 사소한 도둑질을 몇 번 해서 내 빚을 마침내 다 갚고 난 후에도 끝나지 않았다. 끝날 수 없었다. 매번 돈이 어디서 났느냐고 물어서 이제 그는 이 새로운 도둑질에 대해 알고 있었고 나는 그 어느 때보다 더 그의 노예가 되어 있었다. 번번히 그는 내 아버지에게 모든 것을 이르겠다고 위협했지만 그럴 때도 두려움보다 애당초 내 자신이 그러지 말았어야 했다는 뼈아픈 후회가 훨씬 더 컸다. 한편 비참하기는 했어도 일어난 모든 것에 대해 다 후회하지는 않았다. 항상은 아니지만 적어도 이따금씩은 모든 것이 일어났던 그대로 일어나야 했던 일처럼 느껴지기도 했다. 나는 운명의 손에 놓여 있어 벗어나려고 애써 봤자 소용없었다.

아마 부모님도 내 상태 때문에 괴로우셨을 것이다. 이상한 정신에 사로잡혀 한때 그토록 친밀했던 우리들의 공동체에 나는 더 이상 맞지 않았다. 하지만 돌아가고 싶은 격렬한 갈망이 잃어버린 낙원에 돌아가고 싶은 것처럼 자주 엄습했다. 특히 어머니는 나를 악동이 아니라 환자 취급을 하셨지만 가족 내에서 내 진짜 위상은 누이들의 태도를 보면 더 잘 알 수 있었다. 그들은 내가 하고 싶은 대로 완전히 내버려 두었는데 나를 일종의 미친 사람, 비난보다는 동정을 받아야 하는 사람, 그럼에도 불구하고 악에 사로잡힌 사람으로 생각하는 것이 분명했다. 그들은 나를 위해 평소보다 열심히 기도했지만 이 기도들이 부질없음을 깨닫자 나는 너무도 비참했다. 나는 자주 안도와 진심 어린 고해에 대한 타는 듯한 욕구를 느꼈지만 아버지에게도 어머니에게도 모든 것을 제대로 설명할 수 없으리라는 것을 먼저 느꼈다. 나는 그들이 내가 하는 모든 말을 동정적으로 받아들이고 나를, 그렇다, 안쓰러워하리라는 것을 알고 있었다. 그러나 그들은 이해하지 못할 것이었다. 사실은 그것이 내 운명인데 모든 일을 순간적인 일탈 행위라고 생각할 것이었다.

열 살 조금 넘은 아이가 그렇게 느낄 수 있다는 걸 믿지 못하는 사람들도 있을 줄 안다. 내 이야기는 그 사람들을 위한 것이 아니다. 나는 인간에 대해 좀 더 잘 알고 있는 사람들에게 이야기하고 있는 것이다. 느낌의 일부를 생각으로 바꾸는 것을 배운 어른은 아이에게는 이런 생각들이 없다고 생각해서 이런 일도 겪지 않는다고 믿게 된다. 그러나 내 인생에서 그때만큼 깊이 느끼고 괴로워했던 적은 거의 없다.

어느 비 오는 날이었다. 크로머가 성 앞 광장에서 만나자며 나를 불러냈다. 나는 그곳에 서서 기다리며 검게 젖은 나무에서 떨어지고 있는 젖은 밤나무 잎들을 발로 헤집고 있었다. 돈이 없어서 크로머에게 최소한 뭐라도 주려고 케이크 두 조각을 따로 챙겨 두었다가 가져왔다. 이제 나는 어느 한구석에 서서 오래도록 그를 기다리는 일에 익숙했다. 피할 수 없는 것을 받아들이는 것을 배우게 되듯 나도 그것을 받아들였다. 마침내 크로머가 나타났다.

그는 오래 있지 않았다. 그는 내 가슴팍을 몇 번 쿡쿡 치더니 웃으면서 케이크를 받아 들고 내가 받지는 않았지만 축축한 담배를 권하기까지 했다. 평소보다 친절했다.

"좋아." 그가 가면서 천연덕스럽게 말했다. "내가 잊어버릴까 봐 말해 두는데 다음에는 누나를 데려와. 큰누나 말이야. 누나 이름이 뭐였더라."

나는 그 말이 무슨 뜻인지 몰라 대답하지 않았다. 놀라서 그를 쳐다만 보았다.

"무슨 말인지 몰라? 누나를 데려오라고."

"안 돼, 크로머. 그건 불가능해. 그래서도 안 되고. 누나가 따라오지도 않을 거야."

나는 그의 이런 책략이나 구실에 대비가 되어 있었다. 그는 이런 짓을 자주 했다. 뭔가 불가능한 것을 요구하고 위협하고 나에게 모욕을 준 다음, 슬슬 탈출구로서 약간의 흥정을 제안했다. 그러면 나는 약간의 돈이나 선물을 주고 내 몸값을 치러야 했다.

그러나 이번에는 전혀 달랐다. 거절했는데도 그는 전혀 화나지 않은 것 같았다.

"뭐, 아무튼" 그는 사무적인 말투로 말했다. "잘 생각해 봐. 난 너희 누나를 만나고 싶단 말이야. 조만간 방법을 찾을 수 있을 거야. 네가 누나를 산책에 데리고 가기만 하면 내가 낄게. 내가 내일 휘파람을 불지. 그럼 다시 한 번 그것에 대해 얘기해 보자."

그가 떠난 후, 그의 요구의 본질에 있는 뭔가가 갑자기 이해되었다. 나는 이런 문제에 대해서는 여전히 잘 몰랐지만 소년과 소녀가 조금 나이가 들면 어떤 비밀스럽고 역겹고 금지된 행위를 함께 할 수 있다는 것을 들어서 알고 있었다. 그리고 이제 나는 그 상황에 처한 것이다. 그의 요구가 얼마나 엄청난 것인지 나는 불현듯 깨달았다! 나는 즉시 절대 그 일을 하지 않아야겠다는 것을 알았다. 그러나 그다음에는 무슨 일이 일어날까? 크로머는 나에게 어떤 보복을 해 올까? 나는 감히 생각할 수조차 없었다. 이것은 나에 대한 새로운 고문의 시작이었다.

나는 호주머니에 손을 넣고 완전히 낙담해서 인적 없는 광장을 가로질러 갔다. 더 크고 더 괴로운 고통이 나를 기다리고 있었다니!

그때 활기차고 밝은 목소리가 나를 불렀다. 나는 깜짝 놀라 달아나기 시작했다. 누군가 내 뒤를 따라 뛰어오더니 손 하나가 뒤에서 나를 부드럽게 잡았다. 막스 데미안이었다.

"아, 너였구나." 나는 마음이 놓이지 않은 채 말했다. "깜짝 놀랐잖아."

그가 나를 내려다보았다. 그의 시선이 그보다 더 어른스럽고 우월하며 나를 꿰뚫어 볼 수 있는 사람의 시선을 하고 있었던 적은 없었다. 우리는 오랫동안 서로 아무 말도 하지 않았다.

"안타깝네." 그가 정중하면서도 단호하게 말했다. "잘 들어. 그렇게 놀라거나 그러면 안 돼."

"그렇긴 한데 어쩔 수 없을 때도 있잖아."

"그런 것 같을 거야. 하지만 봐. 만일 네가 너에게 아무 짓도 하지 않은 사람 앞에서 사실상 굴복하면 그 사람은 생각해 보기

48

시작할 거야. 그는 놀라워하며 궁금해지지. 네가 눈에 띄게 긴장한다고 생각하고는 사람들은 항상 죽도록 두려울 때 그렇게 군다는 결론을 내려. 겁쟁이들은 끊임없이 두려워하거든. 하지만 넌 겁쟁이가 아니야, 그렇지? 확실히 영웅도 아니지만. 너 뭔가 두려워하는 일이 있구나. 두려워하는 사람도 있고. 그런데 절대 그런 일은 있으면 안 돼. 절대 사람들을 두려워하면 안 돼. 넌 내가 두렵지 않지? 아니면 두렵니?"

"아니, 전혀."

"바로 그거야. 하지만 네가 무서워하는 사람들이 있지?"

"잘 모르겠어……. 나 좀 내버려 둘래?"

그는 나와 보조를 맞춰 걸었다. 나는 벗어나고 싶은 생각에 걸음을 빨리했다. 옆에서 그가 나를 쳐다보는 시선이 느껴졌다.

"가정해 보자." 그가 다시 말을 시작했다. "난 너에게 해가 되는 행동을 할 생각이 없다고 말이야. 어쨌든 넌 날 두려워할 필요 없어. 너에게 실험 하나를 해 보고 싶어. 재미있을 거야. 네가 거기서 뭔가를 배울 수도 있고. 이제 잘 들어 봐! 너도 알겠지만 나는 독심술이라고 알려진 기술을 때때로 사용하곤 해. 흑마술 같은 건 아니지만 어떻게 하는 건지 방법을 모르면 아주 기괴해 보일 수도 있지. 그걸로 사람들을 놀라게 할 수도 있어. 이제 한번 시험해 보자. 그러니까 나는 널 좋아해. 혹은 너에게 관심이 있어. 그래서 네 안에서 무슨 일이 벌어지는지 알고 싶어. 그러기 위해 나는 이미 첫발을 내디뎠지. 내가 널 놀라게 했잖아. 네가 긴장할 만큼. 네가 두려워 하는 일이나 사람이 있는 게 틀림없어. 만일 네가 누군가를 두려워한다면 가장 있음직한 이유는 그 사람이 너에 대해 뭔가를 쥐고 있다는 거야. 예를 들어, 네가 뭔가 잘못을 저질렀는데 그 사람이 그걸 알고 너를 쥐고 흔드는 거지. 알아듣겠니? 아주 명쾌하지. 안 그래?

나는 무력하게 그의 얼굴을 올려다봤다. 언제나처럼 진지하고 지적이며 친절했다. 그러나 그 사심 없는 신랄함에 다정함은 없었다. 공명정대함이나 비슷한 그 무엇이 그 안에 엿보였다. 나는 나에게 무슨 일이 벌어지고 있는지 거의 알 수 없었다. 그는 마법사처럼 내 앞에 서 있었다.

"이해했니?" 그가 다시 한 번 물었다.

나는 말이 나오지 않아서 고개를 끄덕였다.

"말했지만 다른 사람들의 생각을 읽는 것은 이상한 것 같아 보여도 완전히 자연스러운 거야. 예를 들어, 내가 너에게 카인과 아벨 이야기를 했을 때 네가 나에 대해 어떻게 생각했는지 거의 정확하게 말해 줄 수 있어. 이 이야기를 할 때는 아니지만 나는 네가 내 꿈을 한 번쯤 꿨을 수도 있다고 생각해. 하지만 그것도 제쳐 두자. 넌 똑똑하고 대부분의 사람들은 어리석어. 나는 이따금 내가 신뢰할 수 있는 똑똑한 친구에게 말하는 걸 좋아해. 괜찮지?"

"물론 괜찮지. 하지만 난 이해가 안 돼……."

"우선은 우리의 재미있는 실험을 계속해 보자. 그러니까 우리는 알아낸 거야. S라는 소년은 쉽게 겁을 먹는다, 그는 누군가를 두려워한다, 그는 아마도 그 누군가와 비밀을 나눠 갖고 있을 것이다, 그를 불안하게 하는 비밀을. 대충 이게 사실에 부합하니?"

50

꿈속에서처럼 나는 그의 목소리와 영향력에 굴복했다. 그의 목소리는 내 안에서 나오는 목소리 같았다. 모든 것을 다 알고 있었다. 그의 목소리는 내 자신보다 더 잘, 더 명확하게 모든 것을 알고 있었던 걸까?

데미안이 내 어깨를 단호하게 두드렸다.

"그럼 그게 사실이구나. 그럴 거라고 생각했어. 이제 한 가지만 더 물을게. 성 앞 광장에서 너를 거기 두고 가 버린 애 이름 혹시 아니?"

나는 깜짝 놀랐다. 그가 내 비밀을 건드렸다.

"누구? 나 말고 다른 애는 거기 없었어."

"그냥 말해." 그가 웃었다. "걔 이름이 뭐지?"

"프란츠 크로머 말이야?" 내가 조그맣게 말했다.

그가 흡족해하며 내게 고개를 끄덕였다.

"잘했어. 넌 괜찮아. 우리는 이제 친구가 될 거야. 하지만 먼저 너한테 말해야 할 게 있어. 이 크로머라는 애는, 이름이야 뭐든 간에, 얼굴에 질이 아주 나쁘다고 써 있어. 네 생각은 어때?"

"맞아." 나는 한숨을 쉬며 말했다. "그는 정말 나빠. 하지만 이 얘기가 그 애 귀에 들어가면 안 돼. 제발. 그 애가 아무것도 알아서는 안 돼. 그 애를 알아? 그 애가 너에 대해 알아?"

"안심해. 그 애는 갔고 그 애는 날 몰라, 아직까지는. 하지만 그 애를 만나보고 싶어. 공립학교에 다니지?"

"응."

"몇 학년인데?"

"5학년. 하지만 그 애한테는 아무 말 하지 마. 부탁이야."

"걱정 마. 너에겐 아무 일 없을 테니까. 이 크로머라는 애에 대해 나한테 더 알려 주고 싶은 마음은 없겠지?"

"그럴 수 없어."

그는 한동안 조용히 있었다.

"안타깝다." 그가 말했다. "실험을 한 단계 더 해 볼 수도 있었는데. 하지만 널 괴롭히고 싶지 않아. 그렇지만 그 애에 대한 너의 두려움이 완전히 잘못된 것이라는 건 너도 알지, 안 그래? 그런 두려움은 우리를 완전히 망가뜨릴 수 있어. 괜찮은 사람이 되고 싶다면 그 두려움을 떨쳐내야 해. 완전히 떨쳐내야 하지. 그 말 이해하지?"

"물론이야. 네가 전적으로 옳아……. 하지만 아주 복잡한 문제야……. 넌 몰라……."

"내가 너에 대해 꽤 많은 것을, 네가 상상하는 것보다 훨씬 더 많이 알고 있다는 걸 보았잖아. 그 애에게 돈 빚진 거라도 있니?"

"그래, 그렇기도 해. 하지만 그건 중요하지 않아. 너에게 말할 수 없어. 그냥 할 수 없어."

"그 애에게 빚진 돈을 내가 너에게 줘도 도움이 되지 않는다는 거니?"

"아냐, 그런 게 아냐. 아무에게도 그 이야기 하지 않는다고 약속하는 거지? 한 마디도?"

"날 믿어도 돼, 싱클레어. 언젠가는 네 비밀을 나에게 말할 수 있을 거야."

"그런 일 절대 없어!" 내가 소리쳤다.

"좋을 대로 해. 내 말은, 어쩌면 네가 나중에 나에게 좀 더 많은 이야기를 하게 될지도 모르겠다는 거야. 물론 자발적으로 말이지. 내가 크로머처럼 굴 거라고 생각하는 건 아니겠지?"

"아, 아니야. 그런데 그걸 어떻게 알지?"

"모르지. 나는 단지 곰곰이 생각해 볼 뿐이야. 나는 절대 크로머처럼 굴지는 않을 거야. 믿어도 돼. 게다가 넌 나한테 빚진 것도 없잖아."

우리는 오랫동안 아무 말도 하지 않았다. 나는 마음이 차분해지기 시작했다. 그러나 데미안이 알고 있다는 것이 더욱더 수수께끼 같았다.

"이제 집에 가 봐야겠다." 그는 그렇게 말하고 빗속에서 코트를 더 단단히 여몄다. "우리가 여기까지 왔으니 하는 말인데 너에게 말하고 싶은 게 하나 더 있어. 넌 그 나쁜 자식을 떨쳐 내야 해! 다른 방법이 없다면 그 녀석을 죽여. 네가 그렇게 한다면 난 정말 기쁘겠어! 나도 도울게."

문득 카인 이야기가 떠올라 나는 다시 두려워졌다. 모든 것이 너무나 불길해 보이기 시작해서 나는 훌쩍거리기 시작했다. 나는 내가 이해하지 못하는 너무나 많은 것에 둘러싸여 있었다.

"그래." 막스 데미안이 미소 지었다. "집에 가. 그 녀석을 죽이는 것이 가장 간단하긴 하지만 방법이 있을 거야. 이런 경우에는 가장 간단한 방법이 항상 가장 좋은 방법인데. 네 친구 크로머는 사귀기에 가장 좋은 친구는 아니지."

나는 간신히 집에 도착했다. 일 년쯤 떠나 있었던 것 같았다. 모든 것이 달라 보였다. 미래 같은 것, 희망 같은 것이 이제 나를 크로머에게서 갈라놓았다. 나는 더 이상 혼자가 아니었다. 나는 내가 얼마나 끔찍하게 혼자서 여러 주 동안 계속 내 비밀과 지냈는지 이제서야 깨달았다. 그리고 전에 여러 번 했던 생각 하나가 바로 떠올랐다. 부모님께 털어놓으면 내 짐이 가벼워지기는 하겠지만 나를 완전히 구원해 주지는 않을 거라는 생각. 이제 나는 고해한 것이나 다름없었다. 다른 사람에게, 낯선 사람에게. 안도감이 신선한 미풍처럼 몰려왔다.

그렇더라도 내 두려움이 극복된 것은 아니어서 나는 나의 적과 길고도 무서운 다툼에 대비했다. 그래서 사태가 그토록 고요하고 그토록 조심스럽게 흘러가는 것이 놀랍게만 보였다.

하루, 이틀, 일주일 내내 크로머의 휘파람 소리가 우리 집 근처에서 들리지 않게 되었다. 나는 그걸 믿을 용기가 감히 나지 않아서 전혀 예상하지 못하고 있을 때 그가 갑자기 다시 나타날 순간을 계속 기다리고 있었다. 그가 사라져 버린 것 같았다. 새로 얻은 내 자유를 의심하며 그것을 믿으려 하지 않았다. 말하자면 프란츠 크로머와 마침내 우연히 마주치게 될 때까지 그랬다. 그는 나를 보자 움찔하더니 얼굴을 실룩거리며 나와 마주치지 않으려고 몸을 돌려 가 버렸다.

나로서는 지금까지 한 번도 없던 순간이었다! 나의 적이 나를 피해 달아나다니, 나의 악마가 나를 두려워하다니! 기분 좋은 놀라움의 전율이 나를 압도했다.

어느 날, 나는 데미안과 다시 마주쳤다. 그는 학교 앞에서 나를 기다리고 있었다.

"안녕." 내가 말했다.

"좋은 아침이야, 싱클레어. 어떻게 지냈는지 궁금해서. 크로머는 더 이상 너 괴롭히지 않지?"

"네가 그렇게 한 거야? 어떻게 한 거야? 전혀 이해가 안 돼. 아예 가까이 오지도 않아."

"잘됐네. 만일 걔가 다시 나타나면, 그러진 않겠지만, 그 녀석은 아주 무자비한 놈이니까 말이야. 막스 데미안을 잊지 말라고만 말해."

"그게 무슨 상관이 있는데? 그 애에게 싸움을 걸어 패 주기라도 한 거야?"

"아니, 그건 내 방식이 아니야. 너한테 했던 것처럼 그 애에게 말했을 뿐이야. 널 가만 내버려 두는 게 그에게 이롭다는 것을 분명히 해 두었지."

"그 애한테 돈을 준 건 아니겠지."

"아니, 그건 네 방식이지."

그는 내 질문을 피해 나를 두고 가버렸다. 나는 내가 예전에 그에 대해 가졌던 고마움과 경외감, 존경심과 두려움, 연민과 마음속의 저항이 묘하게 뒤섞인 그 불안한 기분을 느꼈다.

나는 그를 찾아내서 이 모든 일과 카인의 일에 대해서도 자세히 이야기해 봐야겠다고 마음먹었다. 그러나 그런 일은 일어나지 않았다. 감사하는 마음은 내가 믿는 미덕이 아닌데다, 아이에게 그런 것을 기대하는 것이 나에게는 위선처럼 보였다. 그래서 내가 막스 데미안에게 전혀 고마워하지 않았다는 것이 나에게는 별로 놀랍지 않다. 지금은 그가 크로머의 마수에서 나를 빼내지 않았다면 나는 평생 병들고 망가졌을 것임을 조금도 의심하지 않는다. 그 당시에도 나는 이 구원이 내 인생에서 내가 겪은 가장 큰 일이라는 것을 알고 있었다. 그러나 구원자가 기적을 행하자마자 나는 그를 버렸다.

이미 말했듯이 고마워할 줄 몰랐던 것이 놀랍지는 않다. 돌이켜 생각해 보면 놀라운 것은 내가 궁금해하지 않았다는 것이다. 어떻게 나는 데미안이 나에게 드러내 보인 비밀에 좀 더 가까이 다가가려 하지 않고 하루하루를 살아 나갈 수 있었을까? 어떻게 나는 카인에 대해, 크로머에 대해, 다른 사람들의 생각을 읽는 데미안의 능력에 대해 더 듣고 싶어 하지 않을 수 있었을까?

믿어지지 않지만 그랬다. 나는 문득 내 자신이 악마의 미로에서 빠져나왔다는 것을 알았다. 나는 다시 세계가 밝고 기쁘게 내 앞에 놓여 있는 것을 보았다. 더 이상 숨 막히듯 몰아닥치는 두려움에 굴복하지 않았다. 주문은 풀렸고, 나는 더 이상 저주 받지도 고문 받지도 않았다. 나는 다시 학생이었다. 나는 온 마음으로 가능한 한 빨리 평화로운 평정 상태를 회복하려고 했다. 내가 알게 된 추악하고 위협적인 것들을 밀어내고 잊으려고 각별한 노력을 기울였다. 내 죄와 두려움에 대한 그 모든 일이 외관상 그 어떤 마음의 상처나 깊은 인상도 남기지 않고 굉장한 속도로 내 기억에서 사라졌다.

그러나 이제 나는 내가 왜 그렇게 빨리 내 구원자를 잊으려고 애썼는지 이해할 수 있다. 나는 상처 입은 영혼의 지휘에 따라 온 힘을 다해 슬픔의 계곡으로부터, 크로머에게 매여 있던 끔찍한 노예 상태로부터 도망쳤던 것이다. 내가 행복하고 만족했던 곳으로, 이제 다시 문이 열린 잃어버렸던 낙원으로, 아버지와 어머니, 누이들, 깨끗함의 냄새, 아벨의 독실함이 있는 밝고 근심 없는 세계로.

벌써, 데미안과 잠깐 이야기를 나눈 다음 날, 내 자유를 되찾았으며 더 이상은 그것을 다시 잃어버릴까 봐 두려워하지 않아도 된다는 확신이 완전히 들자, 나는 전에 그토록 자주 간절히 하고 싶었던 것을 행동에 옮겼다. 고해를 한 것이다. 나는 어머니에게 가서 장난감 돈이 들어 있는 망가진 돼지 저금통을 보여 드리고, 얼마나 오랫동안 내 자신의 죄로 나를 괴롭히는 사악한 자에게 묶여 있었는지 말씀드렸다. 어머니는 모든 것을 다 이해하지는 못했지만 내 달라진 표정을 보고, 내 바뀐 말투를 듣고, 내가 치유되었으며 어머니에게 되돌아왔다는 것을 느꼈다.

그리고 이제 다시 양의 우리에 받아들여진 것을, 탕아의 귀환을 위한 축제가 시작되었다. 어머니는 나를 아버지에게 데려가셨고, 이야기가 되풀이되었으며, 질문과 놀라움의 탄성이 터져 나왔고, 부모님은 내 머리를 쓰다듬으시며 오랫동안 짓눌러 온 마음의 짐을 덜고 안도의 한숨을 쉬셨다. 모든 것이 멋졌다. 모든 것이 내가 읽었던 이야기에서 그랬던 것처럼 일어났다. 모든 것이 아주 순조롭게 풀렸다.

나는 마음의 평화와 부모님의 신뢰를 되찾았다는 만족감에 젖어 들었다. 나는 집에서 아주 모범적인 소년이 되었다. 누이들과 예전보다 더 많이 놀았고, 기도 시간에는 내가 좋아하는 모든 찬송가를 구원 받은 사람, 개종한 사람의 열정을 갖고 불렀다. 그것은 내 마음에서 우러난 것으로 거기에는 어떤 거짓도 없었다.

그럼에도 불구하고 모든 것이 제대로 된 것은 아니었다. 그리고 이 사실이 내가 데미안을 잊어버린 진짜 이유이다. 나는 그에게 고해했어야 했다. 그 고해는 집에서만큼 감정적이고 감동적이지는 않았겠지만 훨씬 더 유익했을 것이다. 나는 예전의 에덴 동산 같은 내 세계에 돌아왔다. 여기는 데미안의 세계는 아니었다. 그는 이 세계에 결코 맞을 수 없었을 것이다. 크로머와는 다르지만 그도 유혹하는 자였다. 그 역시 두 번째 세계에, 더 이상 엮이고 싶지 않은 사악한 세계에 연결되어 있었다. 나는 카인을 영광되게 하기 위해 아벨을 희생하고 싶지 않았다. 적어도 다시 한 번 아벨이 된 지금은 아니었다.

그런 것들은 피상적인 이유였다. 그러나 내면의 이유는 다음과 같았다. 나는 크로머로부터, 악마의 마수로부터 풀려났지만 내 자신의 힘이나 노력은 전혀 들어가지 않았다. 나는 세계의 미로를 통과하려고 했지만 그 길이 나에게는 너무 복잡했던 것이다. 다정한 손이 나를 구해 낸 지금 나는 뒤로 물러나 옆으로 눈길 한 번 돌리지 않고 어머니의 무릎으로, 경건하고 보호 받는 어린 시절로 곧장 달려갔다. 나는 예전보다 좀 더 어리고, 좀 더 의존적이고,

좀 더 아이같이 되었다. 나는 혼자 걸어갈 수는 없었기 때문에 크로머에게 예속되어 있던 것을 새로운 의존으로 대체해야 했다. 그래서 나는 맹목적인 마음으로 아버지 어머니에게, 오래되고 소중한 '빛의 세계'에 의존하기로 했다. 이제는 그 세계가 유일한 세계가 아니라는 것을 알고 있었지만. 만일 내가 이렇게 하지 않았더라면 나는 데미안에게 의지하고 내 자신을 그에게 맡겨야 했을 것이다. 내가 그렇게 하지 않은 것이 당시 나에게는 그의 이상한 생각에 대한 정당한 의심의 결과로 보였다. 실제로는 전적으로 내 두려움 때문이었지만. 데미안은 부모님보다 훨씬 더 까다로웠을 테니까. 설득과 훈계와 조소와 비웃음으로 나를 좀 더 독립적으로 만들려고 노력했을 테니까. 이제는 안다. 자기 자신에게 이르는 길을 따라가는 것보다 인간에게 더 달갑지 않은 일은 없다는 것을.

그러나 6개월 후, 나는 유혹을 이기지 못하고 산책할 때 아버지에게 어떤 사람들은 카인을 아벨보다 나은 인간으로 간주하는데 그 사실을 어떻게 생각하시느냐고 여쭤 보았다.

아버지는 몹시 놀라시며 그것은 전혀 새로울 게 없는 해석이라고 설명하셨다. 이미 구약 시대에 등장해 많은 종파들에 의해 전수되었는데 그 중 하나는 '카인교도'라고 불렸다고 한다. 그러나 물론 이 미친 교리는 우리의 믿음을 무너뜨리려고 사탄이 하는 시도일 뿐이라고 하셨다. 카인이 옳고 아벨이 틀렸다고 믿으면 신이 실수한 것이 되기 때문이다. 다시 말하면 성경의 신이 올바른 유일신이 아니라 그릇된 신이 되기 때문이다. 실제로 카인교도는 그런 종류의 것을 가르치고 설파했다고 한다. 그러나 이 이교는 오래 전에 지구상에서 사라졌다고 하셨다. 내 학교 친구 중 하나가 그것에 대해 뭔가를 들었다는 것이 놀라울 따름이라는 것이었다. 아버지는 그런 생각을 품고 있으면 안 된다며 나에게 엄중하게 경고하셨다.

3장
예 수 옆 에 매 달 린 도 둑 들 중 에

나는 원하기만 하면 어린 시절의 많은 아름다운 순간들을 떠올릴 수 있다. 부모님이 내게 주셨던 보호 받고 있다는 느낌, 나의 다정한 본성, 온화한 환경에서 장난기 많고 만족감에 차 있는 생활. 그러나 내 관심은 내 자신에게 이르기 위해 내가 내디뎠던 걸음들에 집중되어 있다. 모든 평온의 순간들과 평화의 섬들이 지닌 마력을 나도 알지만 나는 그것들을 저 멀리 눈부신 거리에 내버려 둔다. 그곳에 다시 발을 들여놓으려고 하지도 않는다.

그래서 이 이야기가 내 어린 시절에 머물러 있는 동안에는 새롭게 밖에서부터 들어와 나를 앞으로 몰아가고 나를 분열시켜 놓은 것들에 중점을 두어 말할 것이다.

이런 충동은 언제나 '다른 세계'에서 왔고 두려움, 강제, 양심의 가책이 따랐다. 혁명적이었고 내가 계속해서 기꺼이 살고 싶었던 평온을 위협했다.

빛의 세계에서는 축소하고 감춰야 했던 충동이 내 안에 있음을 자각할 수 밖에 없는 시절이 왔다. 나 자신의 성에 대해 서서히 깨어나게 된 감각은 누구나 그렇듯 적이나 테러리스트처럼 금지되고 유혹적이고 죄가 되는 것으로서 나를 사로잡았다. 내 호기심이 찾아낸 것, 꿈과 욕망과 두려움이 만들어낸 것은 사춘기의 커다란 비밀로서, 보살핌 받는 어린 시절에는 전혀 맞지 않았다. 나는 다른 모든 사람들처럼 행동했다. 나는 더 이상 아이 아닌 아이의 이중생활을 해 나갔다. 내 의식은 친숙하고 허용된 세계에 살면서 내 안에 어렴풋이 나타나기 시작한 새로운 세계는 부정했다. 나는 이 세계와 나란히 있는 꿈, 충동, 내면 깊숙한 본성에 대한 갈망의 세계에 살았다. 두 세계에 걸쳐지게 내 의식적인 자아가 필사적으로 놓는 다리는 허약했다. 내 안에서 어린 시절의 세계가 무너지고 있었기 때문이다. 대부분의 부모들처럼 내 부모님도 사춘기의 새로운 문제들에 아무런 도움이 되지 않았다. 아무 말씀도 해 주지 않으셨던 것이다. 부모님이 하신 거라고는 현실을 부인하고 점점 더 비현실적으로 되어 가는 어린 시절의 세계에 계속 머무르려는 나의 가망 없는 시도를 견디느라 한없이 애를 먹는 것이었다. 부모가 도움이 될 수 있는지 어떤지 나는 아는 바가 없다. 그러므로 내 부모님을 탓하지 않는다. 자신을 받아들이고 자신의 길을 찾는 것은 내 자신의 일이었다. 그리고 대부분의 곱게 자란 아이들처럼 나도 내 일을 잘 못했다.

누구나 이런 위기를 겪는다. 평범한 사람에게 이것은 자기 자신의 삶을 위한 요구가 주변 환경과 가장 첨예하게 대립하게 되는 지점이다. 앞으로 난 길을 자신의 뜻에 따라 가장 혹독한 방법으로 찾아야 하는 지점이다. 많은 사람들이 죽음과 새로운 탄생을 경험한다. 그것이 우리의 운명이고 평생 단 한 번 이때 일어나는 일이다. 우리의 어린 시절은 공허해지며 서서히 붕괴되고, 사랑하는 모든 것이 우리를 버리고, 우리는 문득 외로움과 우주의 치명적 추위에 둘러싸여 있음을 느낀다. 아주 많은 사람들이 이러한 교착 상태에 영원히 붙들려 있다. 그리고 그들은 남은 삶 동안 돌이킬 수 없는 과거에, 모든 꿈 중에서 가장 나쁘고 무자비한 잃어버린 낙원의 꿈에 고통스럽게 매달린다.

내 이야기로 되돌아가 보자. 내 어린 시절의 끝을 알리는 감각들과 꿈의 이미지들은 빠짐없이 말하기에는 너무 많다. 중요한 것은 '어둠의 세계', '다른 세계'가 다시 나타났다는 것이다. 한때 프란츠 크로머였던 것이 이제는 나 자신에게 있었다.

크로머와 그 일이 있고 몇 년이 지났다. 죄의식으로 가득 차 있던 그 극적인 시절은 먼 과거가 되어 짧은 악몽처럼 금방 사라졌다. 프란츠 크로머는 내 삶에서 나간 지 오래여서, 길에서 우연히 마주치더라도 거의 알아차리지 못했다. 내 작은 비극의 다른 중요 인물인 막스 데미안은 내 삶에서 완전히 나가 있지 않았다. 오랫동안 그는 눈에는 보이지만 영향력이 미치지 않는 먼 가장자리에 서 있기만 했다. 그러던 그가 힘과 영향력을 발산하며 다시 서서히 다가왔다.

나는 그 시절의 데미안에 대해 내가 기억할 수 있는 것이 있는지 떠올려 보려고 노력하고 있다. 내가 그와 일 년 남짓 단 한 번 도 말을 하지 않았을 가능성이 아주 높다. 내가 그를 피했고 그 역 시 어떤 식으로도 나에게 자신의 존재를 내세우지 않았다. 어쩌다 아주 우연히 우리가 마주쳤을 때 그는 나에게 고개를 끄덕이기만 했다. 이따금 그의 다정함에 비웃음과 비꼬는 듯한 비난이 희미하 게 섞여 있는 것 같기도 했지만 내 상상이었을지도 모른다. 우리 가 함께 겪었던 그 일과 그 당시 그가 나에게 행사했던 기이한 영 향력은 우리 둘 다 잊은 것처럼 보였다.

나는 그의 모습을 떠올릴 수 있다. 생각해 보니 결국에는 그가 나로부터 그렇게 멀리 떨어져 있지 않았으며 내가 그를 의식하고 있었음을 알겠다. 그가 혼자서 또는 한 무리의 고학년들과 함께 학교에 가는 모습이 보인다. 그들 틈에서 그가 자신만의 오라 (aura)와 자신만의 법칙에 둘러싸여 따로 떨어져 있는 행성처럼 낯설고 외롭고 조용히 거닐고 있는 모습이 보인다. 누구도 그를 좋아하지 않았고, 그의 어머니 외에는 누구도 그와 친하지 않았 다. 어머니와의 관계도 어린아이로 대하는 것이 아니라 어른으로 대하는 것처럼 보였다. 선생님들은 될 수 있으면 그를 내버려 두 었다. 그는 좋은 학생이었지만 애써 다른 사람의 마음에 들려고 하지 않았다. 이따금 그가 선생님에게 어떤 말을 했다거나 비꼬는 투로 따지거나 반박했다는 이야기가 돌았다. 그가 했다는 말들은 반대 의견과 신랄한 비판의 최고 경지를 보여 주는 것으로 더할 나위 없었다.

두 눈을 감고 그의 모습을 떠올려 본다. 거기가 어디였지? 그래, 이제 알겠다. 우리 집 앞에 있는 작은 골목이다. 어느 날 나는 그가 손에 수첩을 들고 스케치를 하며 거기 서 있는 것을 보았다. 그는 우리 집 현관 위, 새가 있는 오래된 문장을 그리고 있었다. 나는 커튼 뒤에 몸을 숨기고 창가에 서서 그를 바라보다가 그의 통찰력 있고 서늘하며 하얀 얼굴에 깜짝 놀랐다. 그의 얼굴은 문장 쪽을 바라보고 있었다. 그의 얼굴은 어른의 얼굴이자 과학자나 예술가의 얼굴이었으며 우월하고 결단력 있어 보였고 이상하게 빛나는 고요한 눈을, 다 알고 있다는 듯한 눈을 가지고 있었다.

다른 상황에서 봤던 그의 모습이 떠오른다. 몇 주 지나서 역시 길에서였다. 하교 중이었던 우리 모두는 쓰러진 말 한 마리를 에워싸고 서 있었다. 말은 끌채에 매인 채 농부의 수레 앞에 누워 있었다. 콧구멍을 크게 벌리고 측은하게 콧김을 뿜으며 어딘가의 상처에서 피를 흘리고 있어서 길 한쪽의 하얀 먼지로 더러웠다. 토할 것 같아서 얼굴을 돌리다가 데미안의 얼굴을 보았다. 그는 앞에 나서지는 않았지만 평소처럼 편안하고 우아한 차림으로 멀찌감치 뒤에 서 있었다. 그의 눈은 말의 머리에 고정되어 있는 것 같았는데 눈에 저 깊고 고요하고 거의 광적이면서도 감정에 흔들리지 않고 몰두하는 모습이 다시 나타났다. 나는 한동안 그를 바라보지 않을 수 없었는데 그때 좀처럼 느끼기 힘든 독특한 느낌을 받았다. 나는 데미안의 얼굴이 소년의 얼굴이 아니라 남자의 얼굴이라는 것을 알았다. 또한 그의 얼굴이 전적으로 남자의 얼굴도 아니며 거기에는 여자의 얼굴도 있다는 것을 느꼈다. 아니 보았다. 그러나 그 순간 그 얼굴에서 나는 남자도 아이도 아닌, 늙지도

65

젊지도 않은, 그러나 왠지 천 살은 되어 보이는, 왠지 시간을 뛰어넘은 듯한, 우리가 알았던 것과 전혀 다른 역사의 상흔을 간직하고 있다는 느낌을 받았다. 동물이나 나무, 혹은 행성이 그렇게 보일 수 있다. 그때는 이 모든 것을 의식적으로 알고 있지 못했고, 이제 어른이 되어 말하는 것을 그때는 정확하게 느끼지 못하고 어렴풋이 느꼈을 뿐이다. 어쩌면 그는 잘생겼을 수도 있고, 내 마음에 들었을 수도 있으며, 거부감이 들었을 수도 있다. 그것 역시 확실하지 않다. 내가 보았던 것은 단지 그가 우리와 달랐다는 것이다. 그는 한 마리 짐승, 하나의 정령, 하나의 형상 같았다. 그는 달랐다. 우리들 모두와 상상할 수 없을 정도로 달랐다.

더는 기억이 나지 않는다. 지금까지 내가 말한 것도 어느 정도는 나중에 갖게 된 인상에서 비롯된 것인지도 모른다.

몇 년이 지나서야 나는 다시 그와 좀 더 가깝게 지내게 되었다. 관습에 따라 교회에서 받는 견진성사를 데미안은 또래들과 함께 받지 않았다. 이걸로 그는 다시 터무니없는 소문의 주인공이 되었다. 학교에서 아이들은 그가 유태인, 아니 이교도라는 해묵은 이야기를 되풀이했고 다른 사람들은 그와 그의 어머니 둘 다 무신론자이거나 터무니없고 평판이 나쁜 종파 소속이라고 확신했다. 이와 관련해서 나는 그가 그의 어머니와 연인 관계라고 의심하는 소문도 들었다. 가장 그럴듯한 것으로는 그가 뭐가 됐든 아무런 종교적 가르침 없이 자랐으리라는 것이었다. 하지만 이제 이것은 어떤 점에서 그의 미래에 불길해 보였다. 어쨌든 그의 어머니는 또래보다 2년 늦긴 했지만 결국 그가 견진성사 수업을 받게 했다.

그래서 그는 나와 견진성사 수업을 같이 받게 되었다.

한동안 나는 그를 완전히 피했다. 그와 엮이고 싶지 않았다. 그는 너무 많은 전설과 비밀에 둘러싸여 있었다. 그러나 무엇보다 나를 괴롭힌 것은 크로머 일 이후로 나에게 남아 있던 그에 대한 부채감이었다. 견진성사 수업이 내가 성에 대해 결정적으로 눈을 뜬 것과 동시에 있었기 때문에 나는 내 자신의 비밀로 충분히 힘들어 했다. 모든 선의에도 불구하고 종교 문제에 대한 내 관심은 급격히 줄어들었다. 신부님이 논하시는 것은 멀리, 성스럽지만 비현실적인 세계에 놓여 있었다. 이런 것들은 아주 아름답고 소중한 것이 틀림없지만 결코 내가 생각하고 있던 새로운 것들만큼 시기 적절하지도 흥미롭지도 않았다.

이런 상태가 나를 견진성사 수업에 흥미를 잃게 하면 할수록 나는 다시 막스 데미안에게 그만큼 더 끌리게 되었다. 우리 사이를 묶어 주는 끈 같은 것이 있었던 것 같은데 이 끈을 가능한 한 자세히 따라가 봐야겠다. 내가 기억하기로 그것은 어느 날 아침에 시작되었다. 교실에는 아직 전등이 켜져 있었다. 우리 성서 담당 선생님은 신부님이었는데 카인과 아벨 이야기를 하기 시작하셨다. 나는 졸려서 건성으로 듣고 있었다. 신부님이 카인의 표지에 대해 큰 소리로 힘주어 장황한 설명을 늘어놓기 시작하자 나는 뭔가 닿은 듯한, 경고 같은 것을 느꼈다. 고개를 들어 보니 막스 데미안의 얼굴이 앞줄에서 나를 향해 반쯤 돌려져 있는 것이 보였다. 비웃는 것 같기도 하고 깊이 생각하는 것 같기도 하는 반짝이는 눈이었다. 그는 아주 잠깐 나를 바라보았다. 나는 갑자기 긴장해서는 신부님의 말씀에 귀를 기울였다. 카인과 그의 표지에 대해 이야기하는 것을 듣고 있자니 내 마음 깊숙한 곳에서 한 가지 인식이 떠올랐다. 그것은 신부님이 가르치는 것과 같지 않다는 것, 그것을 다르게 볼 수도 있다는 것, 신부님의 견해는 비판의 여지가 있다는 것이었다.

이 1분이 나와 데미안 사이를 다시 연결했다. 그리고 너무나 이상하게도 나는 어떤 정신적인 친화성을 깨닫자마자 그것이 육체적인 친밀감으로 바뀌는 것을 보았다. 나는 그가 직접 일을 이런 식으로 배치할 수 있었는지 아니면 순전히 우연히 일어난 건지 몰랐지만 그 당시에 나는 여전히 우연을 확고하게 믿었다. 며칠 뒤 데미안은 갑자기 견진성사 수업 때 자리를 바꿔 내 앞에 앉았다. (나는 아직도 그것을 선명하게 떠올릴 수 있다. 꽉 들어찬 교실의 비참한 가난의 냄새 속에 그의 목 뒤쪽에서 풍기는 산뜻한 비누 냄새를 내가 얼마나 좋아했던가.) 그리고 며칠 뒤 그는 다시 자리를 바꿔 이제 내 옆에 앉았다. 겨울과 봄 내내 그는 내 옆에 앉았다.

오전 수업이 완전히 변했다. 더 이상 졸립거나 지루하지 않았다. 실제로는 그 시간을 기다렸다. 이따금씩 우리 두 사람은 신부님 말씀을 무척 집중해서 들었다. 이상한 이야기, 특이한 속담에 내 관심을 끄는 데는 내 짝의 눈빛 하나면 충분했다. 나를 비판적으로 혹은 회의적으로 만드는 데는 특별하게 바라보는 그의 좀 더 강한 시선이면 충분했다.

그러나 우리는 집중하지 않는 경우가 많았다. 데미안은 선생님과 같은 반 친구들에게 한 번도 무례하게 굴지 않았다. 그가 애들처럼 장난치는 것을 보지 못했다. 단 한 번도 그가 수업 시간에 시끄럽게 웃거나 잡담하는 것을 듣지 못했다. 그는 선생님의 질책을 받은 적도 없다. 그러나 아주 조용히, 소곤거리기보다는 신호와 눈빛으로 자신의 행동에 나를 동참시키곤 했는데 가끔은 기묘한 일일 때도 있었다.

예를 들어, 그는 학생들 중 누가 자신에게 관심이 있는지 그가 어떻게 그들을 관찰하는지 내게 알려 주곤 했다. 그들 중 몇몇 애들에 대해서는 아주 정확하게 알고 있었다. 그는 수업이 시작되기 전에 이렇게 말했다. "내가 내 엄지손가락으로 신호를 보내면 아무개가 뒤돌아 우리를 쳐다보든지 자기 목을 긁을 거야." 그러다 수업 중에 그 말을 거의 잊고 있으면 막스는 갑자기 엄지손가락으로 의미심장한 몸짓을 했다. 나는 얼른 그가 가리킨 학생을 쳐다보았다. 그때마다 나는 그 아이가 줄에 매달린 꼭두각시처럼 요구된 동작을 하는 것을 보았다. 나는 신부님에게도 한번 시험해 보라고 막스를 졸랐지만 그는 거절했다. 딱 한 번, 숙제를 못한 채 수업에 들어가게 되었을 때 신부님이 오늘은 나를 시키지 않았으면 좋겠다고 그에게 말했는데 그가 도와주었다. 신부님이 숙제로 내줬던 교리 문답을 암송시킬 학생을 찾고 있었는데 교실을 훑어보던 그의 눈이 죄의식에 찬 내 얼굴에서 멈췄다. 그는 천천히 나에게 다가와 손가락으로 나를 가리키며 입술로 내 이름을 발음하려다가 갑자기 산만해졌는지 아니면 불안해졌는지 자신의 옷깃을 당기더니 자신의 눈을 똑바로 쳐다보며 뭔가 묻고 싶어 하는 것 같은 데미안에게 다가갔다. 그러나 다시 몸을 돌려 몇 번 헛기침을 하고는 다른 학생을 시켰다.

이런 장난이 나를 즐겁게 하긴 했지만 나는 내 친구가 나에게도 똑같은 장난을 여러 번 했었다는 것을 서서히 알아차리게 되었다. 학교 가는 길에 나는 문득 데미안이 그다지 멀지 않은 내 뒤에서 걸어오고 있다는 느낌을 받은 적이 있었다. 그래서 뒤돌아보면 그가 정말로 거기 있었다.

"넌 어떻게 네가 원하는 대로 다른 사람이 생각하게 할 수 있는 거지?" 내가 그에게 물었다.

그는 차분하게 사실에 입각한 어른 같은 태도로 선선히 대답했다.

"아니야." 그가 말했다. "난 그렇게 하지 못해. 너도 알다시피, 신부님이 우리에게 아무리 믿게 하려 해도 우리에게 자유의지란 없어. 사람은 자신이 원하는 대로 생각할 수도, 내가 원하는 대로 다른 사람이 생각하게 할 수도 없어. 그렇지만 누군가를 아주 자세히 관찰할 수는 있지. 그럼 그가 무슨 생각을 하는지 어떤 기분인지 거의 정확하게 알 수 있는 경우가 많아. 그러고 나면 그가 다음 순간에 무엇을 할지도 예상할 수 있지. 아주 간단해. 사람들이 그걸 모를 뿐이야. 물론 연습이 필요하지. 예를 들어, 나비의 종류 중에 암컷이 수컷보다 수가 아주 적은 나방이 있어. 나방은 모든 동물들과 똑같이 번식해. 수컷이 암컷을 수태시키면 암컷이 알을 낳지. 자, 만일 네가 암나방 한 마리를 가지고 있으면 많은 동식물 학자들이 실험해 본 바로는 밤에 숫나방들이 몇 시간이나 걸리는 곳에서 이 암나방을 찾아올 거야. 몇 시간이나 걸리는 곳에서 말이야! 생각해 봐! 수 마일 떨어진 곳에서 이 모든 숫나방들이 그 지역에 있는 단 한 마리의 암나방을 감지하는 거야. 이 현상을 설명하려고 드는 사람들도 있는데 쉽지 않은 일이지. 눈에 보이지 않는 자취를 찾아내 따라갈 수 있는 사냥개처럼 후각 같은 것이 있는 거라고 추측해야지. 알겠니? 자연은 그렇게 설명할 수 없는 것들로 가득 차 있어. 하지만 내 주장은 이래. 만일 그 암나방의 수가 숫나방만큼 많다면 숫나방은 그렇게 발달된 후각을 갖지 못할 거야. 숫나방들이 그렇게 예민한 후각을 갖게 된 건 오로지 그들이 스스로를 그렇게 훈련시켜야 했기 때문이야. 만일 어떤 사람이 자신의 모든 의지력을 어떤 목적에 집중하면 그는 그것을 얻게 돼. 그게 다야. 그리고 그것이 네 질문에 대한 답이기도 해. 어떤 사람을 아주 자세히 살펴봐. 그럼 그 사람에 대해 그 사람 자신보다 더 잘 알게 되지."

하마터면 '독심술'이라는 말이 입 밖으로 튀어나와 까마득한 옛날 일이 되어 버린 크로머와의 장면을 그가 떠올리게 할 뻔했다. 그러나 이것 역시 우리 사이에 있던 이상한 일이었다. 그와 나 둘 중 누구도 그토록 심각하게 그가 내 인생에 개입했던 그 사실을 결코 입에 담지 않았다. 마치 우리 사이에 아무 일도 없었던 것 같았다. 아니면 상대방이 잊었다고 우리 각자가 굳게 믿고 있는 것 같았다. 한 번인가 두 번인가 길에서 크로머를 본 일도 있었다. 하지만 우리는 서로를 힐끗 쳐다보지도, 크로머에 대해 한 마디 하지도 않았다.

"의지는 어떻게 되는 거지?" 내가 물었다. "한편으로는 우리의 의지가 자유롭지 않다고 네가 말했잖아. 그러면서도 어떤 목적을 성취하기 위해서는 우리의 의지를 확고하게 집중하기만 하면 된다고도 넌 말하잖아. 그건 말이 안 돼. 내가 내 의지의 주인이 아니라면 그럼 내가 원하는 대로 내 의지를 향하게 할 수도 없는 거잖아."

내가 마음에 들 때면 항상 그랬던 것처럼 그가 내 등을 가볍게 두드렸다.

"네가 그걸 묻다니 훌륭한데." 그가 웃으며 말했다. "항상 질문해야 해. 항상 의심해야 하고. 하지만 그 문제는 아주 간단해. 예를 들어, 나방이 별이나 뭐 그런 도달할 수 없는 목표에 자신의 의지를 집중하려고 한다면 성공하지 못하겠지. 우선 나방은 시도조차 하지 않을 거야. 나방은 자신에게 의미와 가치가 있는 것, 자신이 필요로 하는 것, 자신의 삶에 없어서는 안 되는 것만 찾아. 그렇게 해서 나방은 믿을 수 없는 일을 이뤄내는 거지. 나방은 다만 다른 동물은 갖지 못한 마법의 육감을 개발하는 거야. 우리는 동물보다 선택할 수 있는 다양성도 더 크고 관심의 폭도 더 넓어. 하지만 우리 역시 벗어날 수 없는 비교적 좁은 테두리에 갇혀 있어. 만일 내가 어떻게든 북극에 가고 싶다고 상상한다면 그걸 이루기 위해 나는 나의 온 존재가 그 지배를 받도록 아주 간절히 그것을 바라야 할 거야. 일단 그렇게만 되면, 네가 네 안에서 비롯된 명령을 받는 무언가를 일단 해 보기만 하면 그럼 넌 그것을 이룰 수 있게 돼. 온순한 말에 마구를 매듯 거기에 네 의지를 맬 수 있게 되는 거지. 그러나 신부님이 더 이상 안경을 쓰지 않으시게 내가 의지를 발휘해 본다고 한다면 그건 소용없는 일이겠지. 그건 그냥 장난이야. 하지만 그때 가을에 내가 앞줄에 있던 내 자리를 옮겨야겠다고 결심했을 때 그것은 전혀 어렵지 않았어. 알파벳순으로 이름이 나보다 앞인 애가 그때까지 아파서 결석하다가 갑자기 나왔어. 누군가가 그 애에게 자리를 내 줘야 했고 그건 물론 나였지. 내 의지는 즉시 기회를 붙잡을 준비가 되어 있었거든."

"맞아." 내가 말했다. "나도 그때 이상하다고 느꼈어. 우리가 서로에게 관심을 갖게 된 순간부터 넌 내 자리에 점점 더 가까워졌어. 하지만 그건 어떻게 된 거지? 내 옆에 바로 앉은 건 아니었잖아. 처음엔 내 앞줄에 잠시 동안 앉았었어. 어떻게 자리를 한 번 더 바꾼 거야?"

"그건 이렇게 된 거야. 나도 내가 어디에 앉고 싶은지 정확히 몰랐었지만 앞줄에 있는 자리를 옮기고 싶다는 바람은 있었어. 멀리 뒤쪽에 앉고 싶다는 것만 알고 있었지. 네 옆에 앉게 되는 것이 내 의지였지만 그때까지는 의식하지 못하고 있었어. 동시에 너의 의지가 나의 의지와 부합해 나를 도운 거야. 네 앞에 앉고 나서야 내 바람이 반만 이루어졌다는 것을, 나의 단 하나의 목표는 네 옆에 앉는 거라는 것을 알았지."

"하지만 그때는 아픈 애도, 아팠다가 다시 나오게 된 애도, 반에 새로 들어온 애도 없었잖아."

"맞아. 하지만 그때는 그냥 내가 하고 싶은 대로 해버렸어. 네 옆에 앉아버린 거지. 나랑 자리를 바꾼 애는 조금 놀라기는 했지만 내가 하고 싶은 대로 하라고 했어. 신부님도 어떤 변화가 일어났다는 것을 한 번 알아차리기는 하셨지. 나를 대해야 할 때마다 남모르게 뭔가가 마음에 걸리신 거야. 신부님은 내 이름이 데미안이며 D인 내가 S가 앉는 저기 뒷자리에 앉아 있는 게 이상하다는 걸 아시니까. 하지만 그 사실이 그의 의식을 뚫고 들어가지 못해. 내 의지가 거기에 맞서기 때문이고 내가 계속해서 방해를 하거든. 그분은 뭔가 이상하다는 걸 계속 알아차리기는 하시지. 그래서 나를 보며 그걸 알아내려고 하시는 거야. 하지만 나에게는 그에 대한 단순한 해결책이 있어. 그의 눈이 내 눈과 마주칠 때마다 뚫어지게 쳐다보는 거야. 그걸 오래 견딜 수 있는 사람은 거의 없어. 모두들 불안해지거든. 만일 네가 누군가에게 뭔가를 원하면 그 사람의 두 눈을 단호하게 쳐다봐. 그런데도 그 사람이 불안해하지 않으면 포기해. 너에게는 기회가 없을 테니까, 결코! 그러나 그런 경우는 아주 드물어. 내가 아는 사람 중에 그렇게 해 봐도 소용없는 사람은 실제로 딱 한 명뿐이었어."

"그게 누군데?" 내가 얼른 물었다.

그는 생각에 잠겼을 때처럼 눈을 가늘게 뜨고 나를 바라봤다. 그러더니 눈길을 돌리고 아무 대답도 하지 않았다. 너무나 궁금했지만 다시 물어볼 수는 없었다.

나는 그가 말한 게 자기 어머니라고 생각한다. 그가 어머니와 아주 친하다고들 했지만 그는 어머니의 이름을 언급한 적도, 나를 집에 데려간 적도 없었다. 나는 그의 어머니가 어떻게 생겼는지도 몰랐다.

이따금씩 데미안을 따라 해 보려고, 반드시 성취할 수 있게 무엇인가에 내 의지를 그렇게 집중해서 쏟아 보려고 시도해 보기도 했다. 나에게는 충분히 절실해 보이는 바람이 있었다. 하지만 아무 일도 일어나지 않았다. 효과가 없었다. 차마 그것에 대해 데미안에게 말할 수는 없었다. 내 바람을 그에게 고백할 수는 없었던 것이다. 그리고 그도 묻지 않았다.

그사이 내 신앙에 균열이 생기기 시작했다. 하지만 데미안에게 확실히 많은 영향을 받은 내 생각은 완전한 불신을 자랑하는 몇몇 동급생들의 생각과 아주 달랐다. 이따금 그들은 신을 믿는다는 것은 인간으로서 우스꽝스럽고 무가치하다느니, 삼위일체와 처녀 수태 같은 이야기는 어처구니없고 부끄러운 일이라느니 말하곤 했다. 우리 시대에 그런 헛소리를 받아들이는 것은 부끄러운 일이라는 것이었다. 나는 그렇게 생각하지 않았다. 어떤 점에 대해서는 의혹을 가지고 있었지만 나는 내 부모님이 살아오신 것 같은 독실한 삶의 현실을 어린 시절부터 알고 있었다. 그리고 이런 삶이 결코 무가치하지도 위선적이지도 않다는 것 역시 알고 있었다. 오히려 종교적인 것에 대해 깊은 경외심을 갖고 있었다. 그러나 데미안은 내가 성서 속 이야기들과 교리를 좀 더 상상력을 가지고 좀 더 독자적이고 재미있게 생각하고 해석하는 데 익숙해지게 했다. 어쨌든 나는 그가 제시한 해석을 항상 흔쾌히 따랐다. 그

중에는? 예를 들면, 카인 일? 물론 내가 소화하기에는 버거운 것도 있었다. 한번은 견진성사 수업 시간에 그가 훨씬 더 대담한 견해로 나를 깜짝 놀라게 했다. 선생님께서 골고다 언덕에 대해 말씀하고 계실 때였다. 구세주의 고난과 죽음에 대한 성서의 보고는 아주 어린 시절부터 나에게 깊은 인상을 남겼었다. 아주 어린 소년이었던 나는 예를 들면, 이따금씩 성(聖)금요일에 아버지가 우리에게 예수의 수난에 대해 읽어 주면 깊이 감동받아 슬프면서도 아름답고 영적이며 흐릿하면서도 대단히 생생한 이 세계 속에, 겟세마네 동산과 골고다 언덕에 살았다. 그리고 바흐의 〈마태수난곡〉을 들을 때면 이 신비한 세계에서 수난이 갖는 어둡고 강력한 광채가 신비로운 전율로 나를 채웠다. 지금까지도 나는 바흐의 〈마태수난곡〉과 그의 칸타타 〈악투스 트라지쿠스(Actus Tragicus)〉에서 모든 시의 본질을 발견한다.

수업이 끝날 때쯤 데미안이 생각에 잠겨 나에게 말했다. "싱클레어, 이 이야기에는 뭔가 마음에 안 드는 데가 있어. 그 이야기를 다시 한 번 읽어 보고 엄밀하게 살펴봐. 뭔가 이상한 냄새가 난단 말이지. 두 도둑 말이야. 언덕 위에 나란히 서 있는 십자가 세 개는 확실히 아주 인상적이지. 하지만 이제 착한 도둑에 대한 이 감상적인 소논문이 등장해. 도둑은 처음에는 순 악당이었어. 끔찍한 짓은 모두 저질렀고 신은 그 모든 것을 알고 있지. 그런데 이제 그 도둑이 울음을 터뜨리며 자기 개선과 회개의 눈물판을 벌이는 거야! 무덤에서 두 발자국 떨어진 곳에서 회개하는 게 무슨 의미가 있지? 이걸 누가 믿겠어. 신부가 지어낸 또 다른 이야기일 뿐이야. 달착지근하고 부정직하며, 지극히 교화적인 배경에 감상주의를 곁들인 이야기지. 만일 네가 두 도둑들 중 하나를 친구로 택하거나 누구를 더 신뢰하는지 결정해야 한다면 틀림없이 저 징징대는 개종자는 절대 고르지 않을 거라고. 아니고말고, 다른 쪽이지. 그가 기개가 있는 사람이야. 그는 '개종'엔 조금도 관심이 없었어. 개종이란 그와 같은 처지의 사람에게는 듣기 좋은 말에 불과하지. 그는 정해진 끝까지 자신의 운명을 따라가지. 겁이 나서 그때까지 자신을 도우며 교사한 악마를 저버리지는 않아. 그에게는 기개가 있어. 기개 있는 사람들은 성서 이야기에서 손해를 보는 경향이 있지. 어쩌면 그도 카인의 후예일 거야. 그렇게 생각하지 않니?"

나는 경악했다. 이제까지 나는 십자가에 못 박힌 예수 이야기를 너무나 편안하게 받아들였었다. 이제 나는 처음으로 내가 그 이야기를 얼마나 개성 없이, 얼마나 상상력 없이 들었었는지 알았다. 그럼에도 불구하고 데미안의 새로운 생각은 어딘가 불길해 보였고, 내가 고집스럽게 고수해야 한다고 느꼈던 믿음을 쓰러뜨리려고 위협했다. 그건 안 되는 일이었다. 누구도 모든 것을, 특히 가장 신성한 것까지 가볍게 다룰 수는 없었다.

언제나처럼 그는 내가 무슨 말인가를 하기도 전에 나의 거부를 알아차렸다.

"알아." 그가 체념한 듯한 말투로 말했다. "늘 하는 똑같은 얘기지. 이 이야기들을 심각하게 받아들이지 마! 너에게 뭔가 말해야 했어. 이 부분이 이 종교의 허술함을 아주 뚜렷이 드러내는 곳

중 하나라고. 요점은 구약과 신약 둘 다에 나오는 이 신이 확실히 비범한 분이기는 하지만 그가 표상한다고 알려져 있는 그런 신은 아니라는 거야. 그는 모든 선하고, 고귀하고, 아버지 같고, 숭고하고, 감상적인 것이야. 맞아! 하지만 세계는 그것 말고도 다른 것으로도 이루어져 있어. 그런데 남은 건 죄다 악마의 것으로 돌리는 거지. 세계의 이 절반이 통째로 억눌려지고 감춰지는 거야. 신을 모든 생명의 아버지라고 찬양하는 것과 정확히 똑같은 방식으로, 그 모든 것의 기반이 되는 성생활에 대해서는 단 한 마디도 하지 않으려 하고 틈만 나면 그것은 죄악이며 악마가 하는 일이라고 하잖아. 나는 이 신 여호와를 모시는 것에 이의 없어. 털끝만치도. 하지만 우리는 모든 것을 성스럽게 여겨야 한다고 봐. 인위적으로 나뉘어진 이쪽 절반의 세계뿐만 아니라 세계 전체를 말이야! 따라서 우리는 이 신에게 드리는 예배와 함께 악마에게 올리는 예배도 해야 한다는 거지. 그래야 옳다고 생각해. 그렇지 않으면 스스로 신을 만들어야 해. 악마도 들어가 있고 세계에서 지극히 자연스러운 일들이 일어날 때 그 앞에서는 눈을 감지 않아도 되는 신을."

그는 평소답지 않게 거의 격해졌다. 그러나 바로 미소를 짓고 더 이상은 파고들지 않았다.

그러나 그의 말은 지금까지 누구에게도 말하지 않고 소년 시절의 매일 매 순간 내가 지니고 다녔던 모든 비밀에 바로 가 닿았다. 데미안이 신과 악마에 대해, 공인된 경건한 것과 억눌린 악마적인 것에 대해 말한 것은 내 자신의 생각, 내 자신의 신화, 세계가 둘로, 즉 밝음과 어두움으로 나뉘어 있다는 내 자신의 세계관과 정확히 일치했다. 나의 문제가 모든 인간의 문제, 삶과 생각의 문제라는 깨달음이 갑자기 나를 엄습했다. 나의 개인적인 삶과 견해가 거대한 사유의 영원한 흐름에 얼마나 깊이 적셔져 있는지 갑자기 보고 느끼게 되자 나는 두려움과 경의에 휩싸였다. 어떤 확인과 만족감을 주는 것이었는데도 그 깨달음이 전혀 즐겁지 않았다. 그 깨달음은 괴롭고 가혹했다. 거기에는 책임이 내포되어 있었다. 더 이상 어린아이일 수 없으며 자신의 두 발로 서야 한다는 것을 의미했다.

내 삶에서 처음으로 깊은 비밀을 드러내면서 나는 내 친구에게 내가 가지고 있는 '두 세계'에 대한 생각을 말해 주었다. 그는 즉시 나의 가장 깊은 마음이 자신의 마음과 일치한다는 것을 알았다. 그러나 무엇인가를 그렇게 이용하는 것은 그의 방식이 아니었다. 그가 그 어느 때보다도 더 주의 깊게 내 말에 귀를 기울이며 내 눈을 들여다봐서 나는 눈을 돌려야 했다. 그의 시선에서 그 이상한 동물 같은 눈빛을, 시간을 초월해 있으며 상상할 수도 없는 나이로 보이는 그 눈빛을 감지했기 때문이다.

"그 얘기는 다음에 더 하자." 그가 참을성 있게 말했다. "네가 밖으로 드러낼 수 있는 것보다 네 생각이 더 깊다는 걸 알겠어. 하지만 넌 네가 생각하는 대로 살지 않았고 그건 좋지 않다는 걸 너도 알고 있다는 거잖아? 우리가 실제 삶으로 사는 생각만이 어떤 가치를 가질 수 있어. 넌 너의 허용된 세계가 세계의 절반에 불과하다는 걸 줄곧 알고 있었으면서도 신부와 교사들이 하는 것과 똑같은 방식으로 두 번째 절반을 억누르려고 했어. 넌 성공하지 못할 거야. 일단 생각하기 시작하면 누구도 성공하지 못해."

그 말이 내 마음에 그대로 와서 꽂혔다.

"하지만 세상에는 금지된 추악한 일들이 있어." 나는 소리치다시피 말했다. "너도 그건 부인하지 못할 거야. 그런 행위들은 금지되어 있고, 우리는 그걸 하면 안 돼. 세상에는 살인과 온갖 종류의 악덕이 존재한다는 것을 나도 물론 알고 있지만 그런 것들이 존재한다고 해서 범죄자가 되어야 한다는 거야?"

"우리가 오늘 모든 답을 찾지는 못해." 막스가 나를 진정시켰다. "분명히 넌 누구를 죽이거나 여자를 강간하면 안 돼. 절대 안 되지! 하지만 넌 '허용된'과 '금지된'의 진짜 의미를 이해할 수 있는 지점에는 도달하지 못했어. 진실의 일부를 느꼈을 뿐이야. 나머지 부분도 느끼게 될 거야. 믿어도 돼. 예를 들어, 일 년쯤 전부터 넌 다른 어떤 충동보다 강하고 '금지된' 것으로 간주되는 어떤 충동과 씨름해야 했어. 그리스인들과 다른 많은 민족들은 반대로 이 충동을 떠받들고 신성하게 여기며 성대한 축제로 기렸지. 다시 말해서 금지된 것이 영원히 금지되어 있는 건 아냐. 바뀔 수 있지. 누구든 여자와 잘 수 있어. 신부에게 함께 가서 결혼만 하면. 그러나 오늘날에도 다른 민족들은 또 달라. 그래서 우리 각자가 스스로 허용된 것과 금지된 것을 찾아내야 하는 거야. 자신에게 금지된 것 말이야. 율법을 전혀 어기지 않으면서 나쁜 놈이 될 수도 있지. 그 반대도 가능하고. 사실 그것은 그냥 편리함의 문제야. 너무 게으르고 편해서 스스로 생각하지 못하고 자신의 판관이 되지 못하는 사람들은 율법을 따르지. 그렇지 않은 다른 사람들은 자기 안에 있는 자신만의 법칙을 느껴. 존경받는 사람이면 누구나 다 날마다 하는 일들이 나에게는 금지된 것이고, 일반적으로 업신여겨지는 다른 일들이 나에게는 허용된 것이라고 느끼는 거야. 그러니 각자 혼자 힘으로 해야 해."

갑자기 그가 말을 너무 많이 한 것을 후회하는 것처럼 입을 다물었다. 그런 순간에 그가 어떤 느낌인지 나는 이미 느낄 수 있었다. 즐겁게 되는대로 생각을 쏟아 놓긴 했어도 그가 언젠가 내게 말했듯이 그는 아직도 대화를 위한 대화를 못 견뎌 했다. 그러나 나는 진심 어린 관심 말고도 순전히 재치 있는 수다 같은 것을 너무 즐기려고 하고 재미 있어 한다는 것을 그가 감지한 것이다. 간단히 말해서 내가 완전히 몰입하지 않는다는 것을 안 것이다.

내가 방금 쓴 '완전한 몰입' 이라는 두 단어를 다시 읽어 보니 어떤 장면이 하나 떠오른다. 내가 아직 절반은 어린아이였던 시절 막스 데미안과 겪은 가장 강렬한 장면이다.

견진성사(堅振聖事)일이 다가오고 있었다. 수업의 주제는 최후의 만찬이었다. 최후의 만찬은 신부님에게 중요한 문제였고 그래서 우리에게 공들여 설명하셨다. 그 설명을 듣는 마지막 몇 시간 동안에는 엄숙한 분위기마저 감돌았다. 그 시간 내내 나의 생각은 수업에서 아주 멀리 떠나 있었다. 내 친구에게 쏠려 있었던 것이다. 교회 공동체 안으로 엄숙하게 받아들여지는 것이라고 설명 들었던 견진성사 받을 일을 생각하니 나에게 이 종교 수업의 가치는 내가 수업에서 배운 것에 있는 게 아니라 막스 데미안의 곁에서 영향을 받은 것에 있다는 생각을 하지 않을 수 없었다. 내가 받아들여질 준비가 된 것은 교회가 아니라 전혀 다른 것이었다. 지상 어딘가에 틀림없이 존재하는 사유와 개성의 교단이었다. 나는 내 친구를 그 교단의 대표자이자 사신으로 여겼다.

나는 이 생각을 억누르려고 노력했다. 나는 어느 정도 품위 있게 견진성사 예식에 열중하고 싶은 열망이 있었다. 그런데 이 품위는 나의 새로운 생각들과 잘 맞지 않는 것 같았다. 그러나 내가 어떻게 해도 생각이 떠오르더니 다가오는 예식과 서서히 굳게 결부되었다. 나는 다른 사람들과 다르게 예식을 치를 준비가 되어 있었다. 그 예식은 데미안을 통해 알게 된 사유의 세계에 내가 받아들여지는 것을 뜻했기 때문이다. 그 무렵이었다. 우리는 수업 시작 직전에 우연히 논쟁을 하게 되었다. 내 친구는 입을 굳게 다문 채, 거드름 피우고 애늙은이 같았을 내 이야기에 아무 즐거움도 느끼지 못하는 것 같았다.

"우리 말이 너무 많다." 그가 유난히 진지하게 말했다. "똑똑한 말은 아무 가치도 없어. 자기 자신을 잃어버리기만 할 뿐이야. 자기 자신을 잃어버리는 것은 죄악이지. 자기 자신 안으로 완전히 기어들어 갈 수 있어야 해. 거북이처럼."

그러고 나서 우리는 교실로 들어갔다. 수업이 시작되고 나는 집중하려고 노력했다. 데미안은 내 주의를 흐트러뜨리지 않았다. 잠시 후 나는 그가 앉아 있는 내 옆에서 뭔가 이상한 것을, 텅 비어 있는 것 같기도 하고 서늘한 것 같기도 한, 뭔가 그 비슷한 느낌을 갖기 시작했다. 마치 내 옆자리가 갑자기 비어 버린 것 같았다. 그 느낌이 숨을 조여 와 옆을 보았다.

거기에 내 친구가 평소처럼 어깨에 힘을 주고 꼿꼿이 앉아 있는 것이 보였다. 그럼에도 그는 전혀 달라 보였다. 내가 알지 못하는 뭔가가 그로부터 발산되어 그를 에워싸고 있었다. 나는 처음에는 그가 눈을 감고 있다고 생각했는데 그러고 나서 보니 그는 눈을 뜨고 있었다. 하지만 그의 눈은 어느 것에도 초점이 맞춰져 있지 않았다. 뜨고는 있지만 아무것도 보지 않는 눈이었다. 얼어붙은 채 내면을 향해 있거나 아주 먼 곳을 보고 있는 것 같았다. 그는 거기에 꼼짝도 안 하고 앉아 있었다. 숨도 쉬지 않는 것처럼 보였다. 그의 입은 나무나 돌로 조각되어 있을지도 몰랐다. 그의 얼굴은 창백했다. 돌처럼 균일하게 창백했다. 그의 갈색 머리카락만이 그의 몸에서 가장 살아 있는 것처럼 보이는 부분이었다. 그의 손은 앞에 있는 긴 의자 위에 물체처럼 생기 없게 고요히, 돌이나 과일처럼, 움직이지는 않지만 축 늘어지지는 않은 채, 그러나 숨겨져 있는 강한 생명을 싸고 있는 훌륭하고 튼튼한 유선형의 껍질처럼 놓여 있었다.

그 광경을 보고 나는 몸이 떨렸다. 죽었다고 생각되어 크게 소리 내어 말할 뻔했다. 내 홀린 눈은 그의 얼굴에, 이 창백하고 돌 같은 가면에 고정되었다. 그리고 나는 느꼈다. 이게 진짜 데미안이다. 내 옆에서 걷고 이야기했던 그는 다만 하나의 역할을 연기하고, 순응하고, 다른 사람들처럼 순전히 고분고분하게 굴려고 하는 반쪽짜리 데미안이었다. 그러나 진짜 데미안은 이런 모습이었다. 태고의, 동물 같은, 대리석의, 아름다우면서도 차가운, 죽었지만 굉장한 생명력으로 비밀스럽게 가득 차 있는 모습이었다. 그리고 그를 둘러싼 이 고요한 텅 빔, 이 정기(精氣), 별들 사이의 공간, 이 고독한 죽음!

지금 그가 자기 자신 안으로 완전히 들어가 버렸음을 느끼고 나는 전율했다. 나는 한 번도 저토록 혼자인 적은 없었다. 나는 그와 아무런 관계도 없었다. 그는 접근할 수 없는 사람이었다. 나에게 그는 세상에서 가장 먼 섬에 있는 것보다 더 멀리 있었다.

나 말고는 아무도 그에 대해 눈치채지 않은 것을 도저히 이해할 수 없었다! 모두가 그를 보았어야 했다. 모두가 전율했어야 했다! 그러나 누구도 그에게 주의를 기울이지 않았다. 그는 거기에 마치 조각상처럼 앉아 있었다. 우상처럼 당당하다고 나는 생각했다. 파리 한 마리가 그의 이마에 내려앉아 코와 입술 위를 기어갔다. 근육 하나 움찔하지 않았다.

지금 그는 어디에 있을까? 그는 무엇을 생각하고 있을까? 그는 무엇을 느끼고 있을까? 그는 천국에 있을까, 아니면 지옥에 있을까?

그에게 물어볼 수는 없었다. 수업 시간이 끝날 때쯤 나는 그가 다시 살아나 숨쉬는 것을 보았다. 그의 시선이 나의 시선과 마주쳤을 때 그는 전과 다름없었다. 그는 어디에서 왔을까? 어디를 다녀왔을까? 그는 피곤해 보였다. 얼굴은 더 이상 창백하지 않았고, 손은 다시 움직이기 시작했지만 이제 갈색 머리카락은 광채도 나지 않고 생기도 없어 보였다.

그다음 며칠 동안 나는 내 방에서 새로운 연습을 시작했다. 의자에 똑바로 앉아 눈을 고정한 채 전혀 움직이지 않고 내가 얼마나 오래 그 상태를 유지할 수 있는지, 무엇을 느끼는지 보았다. 너무나 피곤해지고 눈꺼풀이 근질근질하기만 했다.

그 일이 있고 얼마 안 있어 우리는 견진성사를 받았다. 거기에 대해서는 뭐가 됐든 중요한 기억이 하나도 남아 있지 않다.

이제 모든 것이 변했다. 내 어린 시절의 세계가 내 주위에서 무너져 내렸다. 부모님은 약간 당황하며 나를 바라보셨다. 누이들은 내게 낯설어졌다. 환상에서 깨어나는 것은 내가 평소에 느꼈던 느낌과 기쁨들을 일그러뜨리고 무디게 했다. 정원은 향기가 없었고, 숲은 나에게 아무 매력도 없었다. 세계는 이월 상품의 재고 떨이 판매처럼 무미건조하고 매력이 다 사라진 채 내 주위에 서 있었다. 책들은 종이였고, 음악은 거슬리는 소음이었다. 그렇게 나뭇잎이 가을 나무 주위로 떨어진다. 나무는 비가 자신의 기둥을 타고 흘러내리는 것을, 태양을, 서리를, 생명이 서서히 안으로 물러나고 있음을 알지 못한다. 나무는 죽지 않는다. 기다린다.

방학이 끝나면 기숙학교에 가기로 결정되었다. 처음으로 나는 집을 떠나게 된 것이다. 이따금씩 어머니는 나에게 다가와 특별히 다정하게 대해 주면서 벌써부터 나와 작별하는 것처럼 사랑과 향수와 잊을 수 없는 것들을 내 마음속에 불어넣으려고 하셨다. 데미안은 멀리 여행을 갔다. 나는 혼자였다.

4 장
베 아 트 리 체

방학이 끝날 무렵 내 친구를 다시 만나지 못한 채 나는 성 ○○
시로 갔다. 부모님은 나와 함께 오셔서 김나지움 교사가 운영하는
남학생 하숙집의 보살핌에 나를 맡기셨다. 그분들이 어떤 세계에
나를 밀어 넣어 떠돌게 했는지 아셨더라면 충격에 말문이 막히셨
을 것이다.

의문은 남아 있었다. 결국 나는 착한 아들이자 쓸모 있는 시민
이 될 것인가, 아니면 나의 본성은 완전히 다른 방향으로 향했는
가? 아버지 집의 그늘에서 행복하려 했던 나의 마지막 시도는 오
랫동안 지속되었고, 가끔은 거의 성공하는 듯도 했지만 결국 완전
히 실패하고 말았다.

견진성사를 마치고 처음으로 느끼게 되었던 묘한 공허와 고립
감은 (아, 그것이 나중에는 얼마나 친숙해졌던가, 이 고적하고 희

박한 공기!) 아주 천천히 지나갔다. 고향과의 작별은 놀랄 만큼 쉬웠다. 좀 더 향수에 젖지 않아서 부끄러울 정도였다. 누이들은 이유 없이 울었다. 내 눈은 메말라 있었다. 내 자신에 대해 놀랐다. 나는 항상 감정이 풍부하고 본성이 착한 아이였는데 이제는 완전히 변해 버린 것이다. 나는 바깥 세계에 완전히 무관심하게 굴었고 안에서 들려오는 목소리에, 내면의 흐름에, 표면 아래에서 으르렁거리는 금지된 어두운 흐름에 며칠씩 열중했다. 지난 반 년 사이 나는 키가 몇 인치는 자라서 멀대 같은 모습을 하고 미완성인 채로 세계를 헤쳐 나가고 있었다. 예전에 가졌던 매력도 다 사라져 아마 누구도 예전처럼 나를 사랑할 수 없으리라고 느꼈다. 나도 나 자신을 사랑하지 않았다. 막스 데미안에 대한 크나큰 그리움을 자주 느꼈지만 그것 못지않게 그를 미워했다. 내 삶의 빈곤화를 야기해 몹쓸 병처럼 나를 흔들어 놓은 책임을 그에게 돌렸다.

하숙집에서 나는 사랑받지도 존중받지도 않았다. 사람들은 처음에는 놀리다가 그다음에는 피했고 내가 고자질쟁이며 반갑지 않은 괴짜라고 여겼다. 나는 그 역이 마음에 들어 과장하기까지 했다. 나는 다른 사람 눈에는 남자답게 항상 세상을 경멸하는 것처럼 보였을 게 분명한 자기 고립에 빠져 투덜거렸다. 그러나 실상은 터져 나오는 우울과 절망을 소모하는 데 남몰래 무릎 꿇는 일이 많았다. 학교에서 나는 예전 수업 때 쌓았던 지식으로 그럭저럭 지내고 있었다. 지금 받는 수업은 예전에 받았던 수업보다 진도가 약간 늦었다. 나는 내 또래 아이들을 경멸적으로 그저 어린아이들로 간주했다.

이렇게 일 년여가 지났다. 처음으로 집에 다녀오게 되었을 때도 아무 감흥이 없었다. 다시 집을 떠나게 되었을 때는 기쁘기까지 했다.

11월 초였다. 날씨가 어떻든 짧게 산책을 하며 생각에 잠기는 습관이 들었다. 산책 중에 나는 자주 우울과 세계에 대한 경멸, 자기혐오를 띤 희열 같은 것을 맛보았다. 그렇게 나는 어느 저녁 안개 낀 어스름에 도시 여기저기를 돌아다니고 있었다. 공원의 넓은 가로수 길은 황량했다. 들어오라고 손짓하는 것 같았다. 길에는 낙엽이 두껍게 깔려 있었다. 나는 화난 듯이 발로 낙엽들을 헤집었다. 축축하고 씁쓸한 냄새가 났다. 유령처럼 어슴푸레했던 멀리 있는 나무들이 안개를 뚫고 불쑥 나타났다.

나는 가로수 길의 끝에 어정쩡하게 멈춰 섰다. 나는 어두운 나뭇잎들을 응시하면서 탐욕스럽게 부패와 사멸의 눅눅한 향을 들이마셨다. 내 안에 있는 무엇인가가 반갑게 응답했다.

누군가가 곁길에서 걸어왔다. 그의 코트가 걸을 때마다 불룩해졌다. 가던 길을 계속 가려는데 목소리 하나가 말을 걸어왔다.

"어이, 싱클레어."

그가 나에게 다가왔다. 우리 하숙집에서 가장 나이 많은 학생, 알폰스 벡이었다. 나는 언제나 그를 만나면 반가웠고, 그가 자신보다 나이 어린 나나 다른 모든 학생들에게 빈정대며 생색내는 듯한 태도로 친척 아저씨처럼 구는 것 외에는 그에게 아무 반감도 없었다. 그는 곰처럼 힘이 세다는 평이 있었다. 우리 하숙집 선생님도 완전히 그의 손안에 있다는 것이었다. 그는 학생들 사이에 도는 많은 소문의 주인공이었다.

"여기서 뭐 하고 있니?" 그가 붙임성 있게 말을 건넸다. 나이 많은 사람들이 가끔 나이 어린 사람에게 맞춰 주려고 할 때의 말투였다. "네가 시를 짓고 있었다는 것에 뭐든 걸지."

"그런 건 생각도 안 해 봤는데." 나는 무뚝뚝하게 말했다.

그는 큰 소리로 웃더니 내 옆에서 걸으며 나에게 오랫동안 익숙하지 않았던 방식으로 잡담을 늘어놓았다.

"내가 널 이해하지 못할 거라고 두려워할 필요 없어, 싱클레어. 가을 사색에 젖어 저녁 안개 속을 걸을 때는 뭔가 있는 거지. 그럴 때 사람들은 시를 짓는 걸 좋아하잖아. 내가 안다니까. 물론 죽어가는 자연과 그것과 닮은 잃어버린 젊음에 관해서지. 하인리히 하이네를 봐."

"난 그렇게 감상적이지 않아." 내가 항변했다.

"좋아. 그 얘기는 그만하도록 하자. 하지만 이런 날씨에는 맛있는 술 한 잔이나 뭐 그런 걸 마실 수 있는 조용한 곳을 찾아보는 게 맞을 것 같은데 말이야. 같이 갈래? 지금 마침 내가 혼자거든. 싫어? 이봐 친구, 난 너를 타락시키는 사람은 되고 싶지 않아. 네가 바른 생활 사나이로 계속 있고 싶어 하는 바로 그 부류라면 말이지."

잠시 후 우리는 도시 변두리에 있는 조그만 싸구려 술집에 앉아 질이 의심스러운 술을 마시며 두꺼운 잔을 부딪치고 있었다. 처음에는 별로 마음에 들지 않았지만 적어도 뭔가 새롭기는 했다.

그러나 술에 익숙하지 않은 나는 곧 말이 많아졌다. 내 안에서 창문 하나가 열리고 그 창문으로 세계가 불꽃을 튀기는 것 같았다. 나는 얼마나 오랫동안, 얼마나 끔찍할 만큼 오랫동안 다른 사람과 말을 하지 않았던가? 나는 마구 상상의 나래를 펴기 시작했다. 그리고 결국 카인과 아벨 이야기까지 꺼냈다.

벡은 사뭇 즐겁게 내 말에 귀를 기울였다. 마침내 내가 뭔가를 줄 수 있는 사람이 여기에 있었다. 그는 내 어깨를 두드리며 나를 굉장한 녀석이라고 불렀다. 오랫동안 억눌려 온 대화와 소통의 욕구, 나보다 나이 많은 사람에게 인정받고 싶은 욕구의 분출을 마음껏 즐길 수 있는 이 기회에 도취되어서 가슴이 부풀어 올랐다. 그가 나를 빌어먹게 똑똑한 녀석이라고 불렀을 때는 그 말이 달콤한 술처럼 내 영혼에 퍼졌다. 세계는 새로운 색깔로 타올랐고, 수백 개의 펑펑 솟는 샘에서 생각들이 쏟아져 나왔다. 내 안에서 열정의 불이 활활 타올랐다. 우리는 교사들과 동료 학생들에 대해 이야기를 나누었는데 서로를 완벽하게 이해하는 것 같았다. 우리는 대체로 그리스인들과 이교도들에 대해 이야기했고 벡은 내가 여자와 잔 이야기를 몹시 듣고 싶어 했다. 그런데 그것은 내 능력 밖의 일이었다. 나는 경험이 전혀 없었으므로 물론 이야기할 만한 것도 없었다. 그리고 내가 느꼈던 것, 내가 상상 속에서 그렸던 것은 내 안에서 아픈 것일 뿐, 술의 힘을 빌어도 풀리거나 전달할 수 있는 것이 아니었다. 벡은 여자에 대해 훨씬 더 많이 알고 있었다. 그래서 나는 한 마디도 못하고 그의 성취에 귀를 기울였다. 나는 믿어지지 않는 일들에 대해 들었다. 결코 가능하다고 생각해 본

적 없는 일들이 정상적으로 보이는 일상적인 현실이 되었다. 알폰스 벡은 열여덟 살이었는데 경험이 아주 많은 것 같았다. 예를 들어, 여자애들에게는 재미있는 점이 있는데 그들은 그저 시시덕거리고 싶어 하는 것일 뿐이며, 그게 아주 그럴듯해 보여도 진짜는 아니라는 것을 그는 알게 되었다고 했다. 더 큰 진짜 성공은 부인들에게 기대할 수 있다는 것이었다. 부인들이 훨씬 더 분별 있다고 했다. 예를 들어 문구점을 하는 야겔트 부인이 있는데, 그 부인과 진지하게 이야기하다가 계산대 뒤에서 벌어진 모든 일은 책에도 들어갈 수 없는 것이라고 했다.

나는 넋을 잃고 말문이 막힌 채 거기 앉아 있었다. 틀림없이 나라면 야겔트 부인을 사랑할 수 없었을 것이다. 하지만 그것은 믿어지지 않는 이야기였다. 적어도 좀 더 나이가 있는 남자애들에게는 내가 꿈조차 꾸어 보지 못했던 쾌락의 숨겨진 원천이 있는 것 같았다. 뭔가 잘못된 부분은 있었다. 내가 생각했던 사랑의 맛보다 덜 매력적이고 더 평범했다. 그러나 적어도 그것은 현실이었다. 삶이었고 모험이었으며 그것을 경험했고 그것을 당연하게 보는 사람이 내 옆에 앉아 있었다.

이 정도 수위에 다다르고 나니 우리의 대화는 점점 줄어들기 시작했다. 나는 더 이상 빌어먹게 똑똑한 녀석이 아니었다. 어른의 말에 귀 기울이고 있는 그저 소년으로 쪼그라들어 있었다. 그러나 그래도 역시 몇 달 동안의 내 삶보다는 즐거웠고 낙원이었다. 게다가 그것은, 내가 서서히 깨닫기 시작한 것처럼 우리가 술집에 있는 것에서부터 우리의 대화 주제에 이르기까지 엄격히 금지된 것들이었다. 적어도 나에게 그것은 반란의 맛이 났다.

나는 그날 밤을 아주 선명하게 기억할 수 있다. 우리는 이슥한 밤을 희미하게 비춰 주는 가스등을 지나 안개를 뚫고 집으로 향했다. 나는 처음으로 취했다. 기분이 좋지 않았다. 사실 너무나 고통스러웠다. 그렇지만 뭔가가 있었다. 스릴이, 반항적인 향연의 감미로움이, 삶이자 정신인 뭔가가 있었다. 벡은 나를 잘 데리고 돌아왔다. "머리에 피도 안 마른 애송이"라고 호되게 욕하면서도 반은 끌고 반은 떠메고 나를 집에 데려왔다. 그는 열린 복도 창문으로 나를 몰래 밀어 넣는 데 성공했다.

잠깐 죽은 듯이 자고 나서 술이 깨자 고통스럽고 멍한 우울감이 밀려왔다. 나는 침대에 앉았다. 셔츠를 아직도 입고 있었다. 바닥에 흩어져 있는 나머지 옷들에서는 담배와 토사물 냄새가 났다. 두통과 메스꺼움과 극심한 갈증 사이에서 내가 오랫동안 보지 못했던 영상 하나가 떠올랐다. 부모님 집, 고향, 아버지와 어머니, 누이들, 정원이 보였다. 익숙한 내 방과 학교, 시장이 보였고 데미안과 견진성사 수업들이 보였다. 모든 것이 훌륭하고 신성하리만치 순수했다. 그리고 모든 것이, 이 모든 것이 어제만 해도, 몇 시간 전만 해도 나의 것이었고 나를 기다리고 있었다는 것을 알았다. 그러나 지금은, 바로 이 시각에는 모든 것이 황폐해지고 저주받은 것처럼 보였으며 더 이상 나의 것도 아니었고 나를 거부했다. 혐오감으로 나를 대했다. 사랑스럽고 친밀한 모든 것이, 어린 시절의 가장 먼 정원들까지 거슬러 올라가 부모님이 나에게 주셨던 모든 것이, 어머니의 모든 입맞춤이, 모든 크리스마스가, 집에서 보냈던 경건하고 빛으로 가득 찬 모든 일요일 아침이, 정원에 있는 제각각의 모든 꽃들이, 이 모든 것이 황폐해졌다. 모든 것이 나에 의해 짓밟혔다! 법의 힘이 지금 나에게 미쳐 세상의 인간 쓰레기이자 교회의 신성모독자라고 나를 묶고 재갈을 물린 다음 교수대로 끌고 간다 해도 거부하지 않고 기꺼이 따라갔을 것이다. 그렇게 하는 것이 공정하고 합당하다고 느꼈을 것이다.

그러니까 그것이 내 내면의 모습이었다! 계속 세상을 경멸하던 내가! 정신에 자부심이 있었고 데미안의 생각을 공유했던 내가! 똥 덩어리, 더러운 돼지, 취하고 더러운, 메스껍고 미숙한, 추악한 욕망에 의해 몰락한 비열한 짐승, 그게 내 모습이었다. 모든 것이 청결, 광채, 부드러움이었던 저 순수의 정원에서 온 내가, 바흐의 음악과 아름다운 시를 사랑했던 내가 그런 모습이었다. 속이 메스껍고 격분해 있던 나는 취해서 날뛰며 바보 같은 웃음을 갑자기 미친 듯이 터뜨리는 내 삶의 소리를 여전히 들을 수 있었다. 거기에 내가 있었다.

그 모든 것에도 불구하고 나는 나의 고통을 즐겼다. 나는 그토록 오랫동안 보지 못하고 무감각했었으며 내 마음은 침묵한 채 한 구석에 빈곤하게 웅크리고 있었기에 이러한 자책, 이러한 두려움, 이 모든 끔찍한 감정조차 반가웠다. 적어도 그것은 감정이었고, 불꽃이었으며, 내 마음은 깜박였다. 나는 혼란스럽게 나의 비참한 가운데에서 해방감 같은 것을 느꼈다.

그 사이에 나는 밖에서 보면 급속히 내리막길을 걷고 있었다. 처음 취한 것은 곧 처음으로 끝나지 않았다. 우리 학교에는 술집에 다니며 흥청대고 마시는 학생들이 많았다. 나는 가담하는 학생들 가운데 제일 어린 축에 속했다. 그러나 머지않아 마지못해 데리고 다니는 단순한 풋내기에서 벗어나 대담하게 술집을 전전하는 소문난 주모자이자 스타가 되었다. 또 다시 나는 어둠의 세계와 악마에게 나를 완전히 의탁했고 이 세계에서 굉장한 녀석이라는 명성을 얻었다.

그러면서도 기분은 참담했다. 나는 미친 듯이 스스로를 파괴하며 살았다. 친구들은 나를 지도자로, 매우 예리하고 재미있는 녀석으로 생각했다. 내 마음속 깊은 곳에서 내 영혼은 비탄에 잠겼다. 어느 일요일 아침에 술집을 나오다 아이들이 길에서 놀고 있는 것을 보았을 때 눈에서 눈물이 솟아 나왔던 일을 나는 아직도 기억한다. 아이들은 갓 빗질한 머리에 나들이옷을 차려입고 있었다. 싸구려 술집에서 바닥에 흘린 맥주 웅덩이와 더러운 탁자 사이에 나와 함께 앉아 있던 친구들을 나는 전대미문의 냉소적인 말로 즐겁게 해 주었고 자주 놀라게 했다. 그러나 마음속 깊은 곳에서는 내가 얕잡아 보는 모든 것에 대해 경외심을 품고 있었으며, 내 영혼과 내 과거와 내 어머니 앞에, 그리고 신 앞에 울며 엎드려 있었다.

어울려 다니는 친구들과 하나가 되지 못하고 그들 사이에 있으면서도 혼자라고 느끼며 그래서 너무나 괴로울 수 있었던 데에는 그럴 만한 이유가 있었다. 나는 술집의 영웅이었지만 아주 거친 것은 취향에 맞지 않는 냉소적인 사람이었다. 나는 교사, 학교, 부모, 교회에 대한 내 생각과 말에서 기지와 배짱을 과시했다. 나는 음담패설도 아무렇지 않게 들을 수 있었고 가끔은 내가 하기도 했지만 패거리들이 여자들을 찾아갈 때 거기에 끼지는 않았다. 내 이야기로 판단하면 나는 비정한 호색가일 텐데 나는 혼자였고 사랑에 대한 강렬한 갈망으로, 절망적인 갈망으로 가득 차 있었다. 누구도 나만큼 쉽게 상처받지 않았고, 누구도 나만큼 부끄러워하지 않았다. 곱게 자란 여자애들이 예쁘고 깨끗하게, 순결하고 단아하게 내 앞에서 걸어가고 있는 것을 우연히 보게 되어도 나에게 그들은 놀랍도록 순수한 꿈 같았다. 그들은 나보다 천 배는 선했다. 한동안 나는 야겔트 부인의 문구점에도 갈 수 없었다. 그 부인을 보면 알폰스 벡이 해 준 이야기가 떠올라 내 얼굴이 빨개졌기 때문이다.

새로운 친구들 속에서도 끊임없이 외롭고 그들과 다르다는 것을 알면 알수록 그만큼 더 떨어져 나올 수 없었다. 술 퍼마시고 허풍 떠는 것이 실제로 나에게 어떤 즐거움을 주기는 했었는지도 정말 더 이상 모르겠다. 게다가 술 마시는 것에 익숙해져서 매번 당혹스러운 후유증을 느끼지 않는 것도 아니었다. 이렇게 해야 한다는 어떤 강박 아래 있는 것 같았다. 나 자신을 달리 어떻게 해야 하는지 몰랐기 때문에 나는 그저 내가 해야만 하는 것을 했다. 나는 오래 혼자 있는 것이 두려웠다. 나를 꼼짝 못하게 하는 많은 부드럽고 순결한 감정이 두려웠다. 내 안에서 솟구치는 사랑에 대한 생각이 두려웠다.

나에게 없다고 생각되는 것은 무엇보다도 친구였다. 내가 좋아할 수 있는 두세 명의 학우들이 있었지만 그들은 착한 사람들에 속했고 나의 악덕은 공공연한 비밀이 된 지 오래였다. 그들은 나를 피했다. 나는 대체로 바탕이 뿌리부터 썩은 가망 없는 반항아로 간주되었다. 선생님들은 나에 대해 잘 알고 있었다. 몇 번 호되게 벌을 받았고, 최종적으로 퇴학은 단지 시간 문제인 것 같았다. 내가 형편없는 학생이 되었다는 것을 나 자신도 알고 있었지만, 이 상태로 그리 오래 가지는 못할 거라는 것을 언제나 느끼며 잇따른 시험을 꿋꿋이 용케 헤쳐 나갔다.

신이 우리를 외롭게 만들어 우리들 자신에게로 돌아오게 할 수 있는 방법은 많다. 그때 그것은 신이 나를 다루는 방법이었다. 악몽 같았다. 내 모습이 보인다. 오물과 악취 나는 쓰레기들 너머로, 깨진 맥주잔 너머 냉소로 보낸 밤들을 지나 주문에 걸린 몽상가가 쉬지 않고 고통스럽게, 역겹고 불결하게 엉금엉금 기어가는 모습이 보인다. 공주에게 가는 중인데 수렁에서, 악취와 쓰레기로 가득한 뒷골목에서 빠져나오지 못하는 꿈을 꾼다. 내가 그랬다. 이렇게 불쾌한 방식으로 나는 외롭도록, 그리고 나는 무자비하게 휘황찬란한 문지기들이 지키고 있는 잠긴 낙원의 문 하나를 나 자신과 어린 시절 사이에 세우도록 운명지어져 있었다. 그것은 시작이었고, 내 예전 자아에 대한 향수의 자각이었다.

아버지가 지도교사의 경고 편지를 받고 성 ○○시에 처음 나타나 예기치 않게 나와 마주했을 때만 해도 나는 깜짝 놀란 나머지 격렬한 두려움을 느꼈다.

그해 겨울 끝 무렵에 아버지가 두 번째로 오셨을 때는 더 이상 무엇도 나의 마음을 움직이지 못했다. 나는 아버지가 나를 혼내고 간청하고 어머니를 상기시키게 내버려 두었다. 아버지는 마침내 끝에 가서는 몹시 화가 나서 내가 변하지 않는다면 창피를 무릅쓰고 나를 학교에서 끌고 나와 감화원에 처넣겠다고 하셨다. 쳇, 그러시라지! 그때 아버지가 가시고 나자 안됐다는 마음이 들었다. 아버지는 아무것도 이루지 못하셨다. 나에게로 오는 어떤 길도 찾아내지 못하셨다. 그리고 가끔은 그게 아버지에게는 당연한 대접이라고 느끼기도 했다.

나는 내가 어떻게 되든 신경 쓸 필요도 없다고 생각했다. 이상하고 보기 안 좋은 방식으로, 술집을 드나들며 허풍 떠는 것은 내가 세상과 싸우는 방법이었다. 이것이 내가 항의하는 방법이었다. 그 과정에서 나는 나 자신을 파멸시키고 있었지만 때로는 상황을 다음과 같이 이해했다. 만일 세상이 나 같은 사람들을 필요로 하지 않는다면, 나 같은 사람들을 위해 더 나은 자리와 더 높은 과제를 갖고 있지 않다면, 뭐, 그렇다면, 나 같은 사람들은 파멸할 거고 손해는 세상이 보겠지.

그해의 크리스마스 휴가는 즐겁지 않았다. 어머니는 나를 보고 깊이 놀라셨다. 나는 키가 부쩍 자랐고 축 처진 이목구비와 눈에 염증이 난 내 여윈 얼굴은 잿빛이고 피폐해 보였다. 콧수염이 돋기 시작한데다 막 쓰기 시작한 안경 때문에 더 이상해 보였다. 누이들은 뒤로 물러나 킬킬거렸다. 모든 것이 너무나 볼썽사나웠다. 서재에서 아버지와 나눈 대화는 유쾌하지 않고 씁쓸했다. 몇몇 친척들과 인사를 나누는 것도 유쾌하지 않았다. 특히 크리스마스 이브 자체가 유쾌하지 않았다. 크리스마스 이브는 내가 어렸을 때부터 우리 집에서 가장 성대한 날이었다. 그날 저녁은 부모와 자식 간의 유대를 새롭게 하는 사랑과 감사의 축제였다. 이번에는 모든 것이 그저 마음을 짓누르고 당혹스럽기만 했다. 여느 때처럼 아버지는 들판에서 "양떼를 지키는" 양치기에 관한 구절을 소리 내어 읽으셨고, 여느 때처럼 누이들은 선물이 쌓인 탁자 앞에 환하게 웃으며 서 있었다. 하지만 아버지의 목소리는 불만스러웠고, 얼굴은 늙고 부자연스러워 보였으며, 어머니는 슬퍼했다. 선물들과 크리스마스 인사, 복음서 낭독, 그리고 불 밝힌 크리스마스 트리 이 모든 것이 겉도는 것 같았다. 생강 쿠키에서는 달콤한 냄새가 났고, 그보다 훨씬 더 달콤한 수많은 기억이 풍겨 나왔다. 크리스마스 트리에서 나는 향기는 이제는 존재하지 않는 세계에 대해 이야기했다. 나는 그 저녁과 크리스마스 휴가가 끝나기만을 바랐다.

온 겨울이 이렇게 갔다. 바로 얼마 전에 나는 교무회에서 엄중한 경고를 받고 퇴학당할 위험에 직면해 있었다. 그다지 오래 걸리지는 않을 것이었다. 나야, 뭐, 상관없었다.

나는 막스 데미안에게 아주 특별한 유감이 있었다. 그를 단 한 번도 다시 보지 못했다. 나는 그에게 성 ○○시에서 첫 몇 달 동안 편지를 썼었다. 그러나 아무 답장도 받지 못했다. 그래서 나는 휴가 기간에 그를 찾아가지 않았다.

가을에 알폰스 벡을 만났던 바로 그 공원에서 한 소녀가 내 주의를 끌었다. 이른 봄 가시나무 울타리에 싹이 트기 시작할 때였다. 나는 머릿속에 나쁜 생각과 근심으로 가득 찬 채 혼자 산책하고 있었다. 건강이 나빠진데다 설상가상으로 끊임없이 돈에 쪼들렸고, 친구들에게 상당한 액수의 빚을 지고 있어서 집으로부터 돈을 받아내기 위해 계속해서 지출 명목을 꾸며 내야 했다. 여러 가게에 담배와 그 비슷한 물건들의 외상값도 쌓여 갔다. 그렇게 걱정이 되지는 않았다. 물에 빠져 죽든 감화원에 보내지든 어쨌든 내 존재가 갑자기 끝나려 든다면 돈이 조금 더 나간다 한들 달라지는 건 없으니까. 그러나 나는 이렇게 유쾌하지만은 않은 사소한 문제들과 대면하며 살아야 했고 그것들에 시달렸다.

그해 봄날 공원에서 나는 마음이 끌리는 소녀를 보았다. 그녀는 키가 크고 호리호리했으며, 우아한 옷차림에 지적이고 소년 같은 얼굴이었다. 나는 첫눈에 그녀가 마음에 들었다. 그녀는 내가 좋아하는 유형이었고 내 상상력을 가득 채우기 시작했다. 그녀는 나와 나이 차가 그렇게 많이 나는 것 같지 않았지만 나보다 훨씬 더 성숙하고 윤곽이 뚜렷한 완전한 숙녀처럼 보였다. 하지만 내가 그 무엇보다도 좋아하는 꽉 차 보이고 소년다운 분위기가 얼굴에서 풍겼다.

나는 좋아하게 된 소녀에게 접근해 본 적이 한 번도 없었는데 이번에도 마찬가지였다. 그러나 그녀가 나에게 준 인상은 이전의 그 어떤 여자보다 깊었고, 그녀에 대한 심취는 내 삶에 깊은 영향을 미쳤다.

갑자기 하나의 새로운 영상이, 고이 간직했던 고결한 영상이 내 앞에 떠올랐다. 그리고 내 안에서는 어떤 욕구나 충동도 숭배와 존경에 대한 갈망만큼 깊거나 열렬하지 않았다. 나는 그녀를 베아트리체라고 이름 붙였다. 단테를 읽지는 않았지만 내가 복제 화로 갖고 있었던 어느 영국 그림으로 나는 베아트리체에 대해 알고 있었다. 라파엘 전파의 소녀 그림이었는데 팔다리가 길고 호리호리했으며, 얼굴이 갸름하고 손과 이목구비에 신비한 기운이 깃들어 있는 분위기였다. 나의 아름다운 소녀 역시 내가 사랑하는 호리호리하고 소년 같은 자태를 하고 얼굴에 신비한 기운과 영혼이 깃든 것 같은 분위기를 띠고 있었지만 그 소녀상과 꼭 닮지는 않았다.

내가 베아트리체에게 단 한 마디도 말을 건 적은 없었지만 그녀는 그때 나에게 깊은 영향력을 발휘했다. 그녀는 내 앞에 자신의 영상을 불러일으켰고, 나를 신성한 사당에 들였으며, 나를 사원의 예배자로 바꿔 놓았다. 점차로 나는 술집과 야간 활동을 피하게 됐다. 나는 다시 혼자 있을 수 있었고 독서와 긴 산책을 즐길수 있었다.

나의 느닷없는 개과천선은 그 과정에서 많은 비웃음을 받았다. 그러나 이제 나에게는 내가 사랑하고 숭배하는 것이 있었다. 다시 이상을 갖게 되었으며 삶은 불가사의에 대한 암시와 새벽이 밝아온다는 느낌으로 가득했다. 그것이 어떤 조롱에도 나를 흔들리지 않게 했다. 고이 간직한 영상의 노예이자 종이 되긴 했지만나는 다시 나 자신에게 돌아왔다.

그 시절을 애정 없이 떠올리기는 힘들다. 망가졌던 한 시기의 폐허로부터 친밀한 '빛의 세계'를 혼자 힘으로 건설하기 위해 나는 다시 한 번 필사적으로 노력하고 있었다. 나는 다시 한 번 나 자신의 어둠과 악을 몰아내는 목적에 내 안의 모든 것을 희생했다. 게다가 지금의 이 '빛의 세계'는 어느 정도는 내 자신의 창조였다. 더 이상 도피도, 엄마와 책임지지 않아도 되는 안전함으로 다시 기어들어가는 것도 아니었다. 그것은 나 스스로가 책임감과 자제력을 가지고 만들어 내고 갈망한 새로운 예배였다. 나에게 꾸준한 고통이었던 성욕은 이 성스러운 불에 의해 정신성과 헌신으로 변모되었다. 어둡고 혐오스러운 것은 모두 몰아내야 했다. 더 이상의 고통스러운 밤도, 음탕한 영상들 앞에서 들던 흥분도, 금지된 문 앞에서 엿듣는 것도, 욕정도 없어야 했다. 이 모든 것 대신에 나는 베아트리체의 영상에 제단을 세우고 나 자신을 그녀에게 바침으로써 나 자신을 정신과 신들에게 바쳤다. 어둠의 힘으로부터 빼 온 삶의 부분을 빛의 힘에게 바쳤다. 나의 목표는 기쁨이 아니라 정결함이었고, 행복이 아니라 아름다움과 정신성이었다.

이 베아트리체 의식은 내 삶을 송두리째 바꿔 놓았다. 어제까지만 해도 조숙한 냉소주의자였던 내가 오늘은 성인(聖人)이 되겠다는 목표를 지닌 복사(服事)였다. 나는 익숙했던 나쁜 생활을 피했을 뿐만 아니라 내 삶의 모든 측면에 정결함과 고결함을 도입함으로써 내 자신을 바꾸려고 했다. 이런 연유로 나는 나의 입고 먹는 습관, 말, 옷차림에 대해 생각했다. 나는 아침을 냉수욕으로 시작했다. 처음에는 굉장히 애를 먹었다. 내 행동은 진지하고 품위 있어졌다. 나는 몸을 꼿꼿이 하고 다녔으며, 느리고 품위 있는 걸음걸이를 했다. 구경꾼들에게는 그것이 우스꽝스럽게 보였을지도 모른다. 그러나 나에게 그것은 진짜 예배 행위였다.

나의 새로운 신념을 표현하기 위해 시도했던 모든 실행들 중에 하나가 나에게 참으로 중요해졌다. 나는 그림을 그리기 시작했다. 이 일의 출발점은 내가 가지고 있던 저 영국 그림 복제화가 나의 베아트리체와 충분히 꼭 닮지 않아서였다. 나는 내 자신이 직접 그녀의 초상화를 그려 보고 싶었다. 새로운 기쁨과 희망으로 아름다운 종이와 물감, 붓을 사서 이제 막 갖게 된 내 방으로 가져왔고 팔레트, 유리컵, 도자기 접시, 연필을 준비했다. 내가 사 온 작은 튜브에 들어 있는 섬세한 템페라 물감이 나를 즐겁게 했다. 그 중에 불타는 녹색 물감이 있었는데, 작은 하얀 접시에서 처음 빛을 발하던 모습이 지금도 눈에 선하다.

나는 아주 신중하게 시작했다. 얼굴을 그린다는 것은 어려웠다. 나는 뭔가 다른 걸로 먼저 시험해 보고 싶었다. 나는 장식품, 꽃, 그리고 예배당 옆에 선 나무 한 그루, 사이프러스 나무들이 있는 로마의 다리 같은 작은 상상 속 풍경을 그렸다. 때로는 이 놀이에 완전히 몰두해서 그림물감 상자를 받은 어린아이처럼 행복했다. 마침내 나는 베아트리체의 초상을 그리기 시작했다.

몇 번의 시도는 완전히 실패해서 나는 그것들을 버렸다. 거리 여기저기서 마주쳤던 그 소녀의 얼굴을 떠올리려 하면 할수록 더 안 되었다. 마침내 나는 그 시도를 포기하고 내 상상과, 물감과 붓에서 나오는 것처럼 첫 붓질부터 자연스럽게 떠오르는 직관에 맡기는 것에 만족했다. 모습을 드러낸 것은 내가 꿈꾸던 얼굴이었다. 불만족스럽지는 않았다. 하지만 나는 고집스럽게 계속 그렸다. 새로 그릴 때마다 좀 더 뚜렷해졌고, 실물과는 조금도 닮지 않긴 했지만 내가 갈망하던 유형에 거의 점점 더 가까워졌다.

나는 점점 더 몽환적인 붓놀림으로 목적 없이 선을 그리고 면을 칠하는 것에 익숙해졌다. 마음속에 아무런 모델 없이 나의 잠재의식을 장난스럽게 더듬어 간 결과였다. 마침내 어느 날, 나는 거의 부지불식간에 전에 그린 어떤 것보다 내가 강하게 반응하는 얼굴 하나를 그려냈다. 그 소녀의 얼굴은 아니었다. 더 이상 그렇게 보이지도 않았다. 뭔가 다른 얼굴, 뭔가 비현실적인 얼굴이었다. 그렇다고 그것이 나에게 가치가 덜한 것은 아니었다. 그것은 소녀라기보다는 소년의 얼굴에 더 가까웠는데, 머리카락이 나의 어여쁜 소녀처럼 금발이 아니라 불그스름한 빛깔이 도는 어두운 갈색이었다. 턱은 강하고 단호했으며, 입은 붉은 꽃 같았다. 전체적으로 다소 뻣뻣하고 가면 같았지만 인상적이었고 비밀스러운 생명력으로 가득 차 있었다.

완성된 그림 앞에 앉아 있자니 묘한 인상이 풍겼다. 그것은 반은 남자이고 반은 여자이며, 나이를 먹지 않고, 꿈꾸는 듯하면서도 결단력 있으며, 내밀한 생명력만큼이나 엄격한 일종의 신의 이미지나 성스러운 가면과 닮아 있었다. 이 얼굴은 나에게 전할 말이 있는 것처럼 보였고, 나의 일부였으며, 나에게 뭔가를 요구하고 있었다. 누군지는 모르겠지만 그것은 누군가와 닮았다.

한동안 이 초상화는 나의 생각들에 달라붙어 나의 삶을 함께했다. 누구도 그 그림을 가져다 그걸로 나를 비웃지 못하도록 나는 그것을 서랍 속에 넣고 잠가 두었다. 그러나 내 작은 방에 나 혼자 있게 되면 곧바로 그 그림을 꺼내 들여다보았다. 저녁에는 침대에서 마주 보이는 벽에 그림을 핀으로 붙여 놓고 잠들 때까지 바라보았다. 아침이면 눈을 뜨고 가장 먼저 보게 되는 것이 그 그림이었다.

내가 어린아이였을 때 늘 그랬듯이 다시 꿈을 많이 꾸기 시작한 것이 정확히 바로 이맘때였다. 여러 해 동안 꿈을 꾸지 않았었던 것 같다. 이제 꿈은 전혀 새로운 영상들과 함께 돌아왔다. 그 초상이 꿈속에 자주 나왔다. 살아 있고 말솜씨가 좋았으며, 나에게 친절하거나 적대적이었고, 어떤 때는 얼굴을 찡그렸고, 어떤 때는 무한히 아름답고 조화로우며 고귀했다.

그러던 어느 날 아침, 이런 꿈들 중 하나를 꾸다 깨어났을 때 나는 불현듯 깨달았다. 그림이 나를 보고 있었다. 너무나 친숙해서 내 이름을 부르는 것 같았다. 그림은 엄마처럼, 그 눈으로 아주 먼 옛날부터 나를 보고 있었던 것처럼 나를 잘 아는 것 같았다. 떨리는 가슴으로 나는 그림을 응시했다. 숱 많은 갈색 머리카락, 반쯤 여자 같은 입, 유난히 밝게 도드라진 이마. (저절로 이렇게 마른 것이다.) 그리고 나는 내 자신이 인식에, 재발견에, 이해에 점점 더 근접해 가고 있음을 느꼈다.

나는 침대에서 벌떡 일어나 그림으로 다가가 가까이에서 크게 떠 있는 녹색이 도는 엄격한 눈을 들여다봤다. 오른쪽 눈이 왼쪽 눈보다 약간 더 높았다. 갑자기 오른쪽 눈이 찡긋했다. 너무나 희미하고 미묘하게 그러나 틀림없이. 나는 그 그림을 알아볼 수 있었다……

그게 왜 그렇게 오래 걸렸을까? 그것은 데미안의 얼굴이었다.

나중에 나는 그 초상과 내가 기억하는 데미안의 진짜 얼굴을 자주 비교했다. 닮은 데가 있긴 해도 전혀 똑같지 않았다. 그래도 그것은 데미안이었다.

언젠가 초여름 해가 서쪽을 향해 나 있는 창문으로 비스듬히 붉게 기울었다. 땅거미가 방 안에 퍼져가고 있었다. 베아트리체, 아니 데미안의 초상을 창살이 교차하는 창문 가운데에 핀으로 박아 놓고 저녁 해가 그림을 통과해 비쳐 드는 것을 관찰해야겠다는 생각이 떠올랐다. 얼굴의 윤곽은 흐릿해졌지만 가장자리가 빨간 눈과 밝은 이마, 선홍색 입은 종이 표면으로부터 깊이 마구 빛났다. 나는 해가 지고 나서도 오래도록 그림을 마주보고 앉아 있었다. 그리고 차츰 이 그림은 베아트리체도 데미안도 아니며 나 자신이라는 것을 깨닫기 시작했다. 그 그림은 나를 닮지 않았으며 그럴 리도 없다고 느꼈다. 그러나 그것은 나의 삶을 결정하는 것, 나의 내적 자아, 나의 운명, 혹은 나의 수호신이었다. 만약 내가 다시 친구 하나를 찾게 된다면 그 친구의 모습이 꼭 저러하리라. 만약 내가 한 여자를 사랑하게 된다면 내가 사랑할 그 여자의 모습이 꼭 저러하리라. 나의 삶과 죽음이 꼭 저와 같으리라. 이것은 내 운명의 음조이자 리듬이었다.

그 몇 주 동안 나는 책을 한 권 읽기 시작했는데, 예전에 읽었던 그 어떤 책보다 인상이 더 오래 남는 책이었다. 아주 나중에까지도 한 권의 책을 그보다 더 강렬하게 경험한 적은 니체 정도를 제외하고는 좀처럼 없었다. 그것은 노발리스의 책으로 편지와 잠언들이 들어 있었는데, 그중에서 내가 이해한 것은 극히 적었지만 그럼에도 불구하고 뭐라 말할 수 없을 정도로 나를 끌어당겼다. 이제 잠언 하나가 떠올라서 나는 그것을 그림 밑에 적어 두었다. "운명과 기질은 하나의 동일한 개념에 붙여진 두 개의 이름이다." 그 말이 이제 내게는 분명했다.

나는 자주 내가 베아트리체라고 부르는 소녀를 언뜻 보았지만 이렇게 마주치는 동안 아무런 감정도 느껴지지 않았다. 다만 부드러운 조화와 예감만을 느꼈다. 너와 나는 연결되어 있지만 네가 아니라 너의 그림에 대해서만이야. 넌 내 운명의 일부야.

* * *

나는 막스 데미안을 향한 그리움에 다시 휩싸였다. 몇 년 동안 그에 대해 아무 소식도 못 들었다. 방학 때 딱 한 번 그를 만났었다. 내가 이 짧은 만남을 내 기록에서 숨겼고 그것은 허영심과 부끄러움 때문이었음을 이제야 알았다. 그것을 만회해야 한다.

그러니까 어느 방학 때 술집에 드나들던 무렵의 심드렁하고 늘 다소 피곤한 표정으로 속물들의 한결같이 늙고 경멸스러운 얼굴들을 빤히 쳐다보며 고향 도시 여기저기를 한가로이 거닐던 중 나를 향해 걸어오고 있는 나의 예전 친구를 보았다. 그를 보자마자 나는 움찔했다. 동시에 프란츠 크로머를 생각하지 않을 수 없었다. 데미안이 그 일을 정말 잊었어야 할 텐데! 그에게 신세를 진 것이 너무나 기분 나빴다. 그것은 사실 어이없는 어린애들 이야기였지만 그래도 신세는 진 것이다.

내가 인사할 건지 그는 기다리는 것 같았다. 내가 가능한 한 아무렇지 않게 인사하자 그가 손을 내밀었다. 그렇다, 그것은 그의 악수였다! 여전히 확고하고 따뜻하면서도 냉정하고 남자다웠다!

그는 내 얼굴을 유심히 보더니 말했다. "너 자랐구나, 싱클레어." 그 자신은 조금도 달라지지 않은 것 같았다. 여전히 똑같이 나이 들고 똑같이 어렸다.

우리는 함께 어울려 산책했지만 대수롭지 않은 일들에 대해서만 이야기했다. 내가 그에게 몇 번인가 편지를 썼었지만 답장을 받지 못했다는 생각이 떠올랐다. 그가 그것도 잊어버렸기를 바랐다. 그 멍청한 편지들도! 그는 그것에 대해 아무 말도 하지 않았다.

그 당시에는 아직 베아트리체를 만나지도 않았고 초상화도 없었다. 내가 아직 한창 마셔 댈 때였다. 도심 변두리에서 나는 그에게 같이 술 한잔 하러 가자고 했고 그가 따라왔다. 자랑하듯 술 한 병을 바로 시키고, 그의 잔을 채우고, 잔을 부딪쳤으며 첫 잔을 한 입에 들이킴으로써 학생 음주 관례에 내가 아주 빠삭하다는 것을 과시했다.

"술집에 자주 다니는구나, 그렇지?" 그가 물었다.

"뭐, 그렇지." 내가 대답했다. "그거 말고 달리 할 일이 뭐 있나? 결국은 그게 다른 어떤 것보다 재미있잖아."

"그렇게 생각해? 그럴 수도 있겠지. 거기에도 물론 아주 멋진

부분은 있지. 도취, 바쿠스적인 요소. 하지만 술집에 그렇게 자주 가는 사람들 대부분이 그것을 완전히 잃어버린 것 같아. 내가 보기엔 술집에 드나드는 것이야말로 뭔가 정말 속물적인 것 같은데. 그래, 하룻밤, 불타는 횃불을 들고, 진짜 멋지게 취해 보는 거지! 그런데 마시고 또 마시고, 한 잔 또 한 잔, 그게 과연 진짜인지 아닌지 의심스럽잖아? 밤마다 바에 구부정하게 앉아 있는 파우스트를 넌 상상할 수 있니?"

나는 술을 입에 털어 넣으며 적의에 차서 그를 바라보았다.

"글쎄, 모든 사람이 다 파우스트인 건 아니잖아." 내가 퉁명스럽게 말했다.

그는 놀란 얼굴로 나를 바라보았다.

그러더니 예전처럼 생기 있고 우월하게 나를 보고 웃었다. "좋아, 그걸로 다투지 말자! 아무튼 술꾼의 삶은 평범하고 행실 바른 시민의 삶보다 아마 더 활기차겠지. 그리고 언젠가 어디서 읽었는데 향락주의자의 삶은 신비주의자가 되기 위한 최고의 준비라더군. 성 아우구스티누스 같은 사람들이 항상 선지자가 되는 사람들이지. 그도 처음에는 호색가이자 산전수전 다 겪은 사람이었지."

나는 그를 불신하며 어떤 경우에도 그가 우위에 서게 하고 싶지 않았다. 그래서 나는 거드름 피우며 말했다. "뭐, 누구든 자기 취향이라는 게 있는 거니까. 나 같은 경우에는 선지자나 뭐 그런 것이 되겠다는 야심은 없어."

데미안이 눈을 가늘게 뜨고 나를 날카롭게 휙 쳐다보았다.

"이봐, 싱클레어." 그가 천천히 말했다. "너한테 기분 나쁜 말하려던 건 아니었어. 게다가 우리 중 누구도 네가 지금 왜 술을 마시고 있는지 몰라. 네 안에 있는 것, 네 삶을 지휘하는 것은 이미 알고 있지만. 이걸 알아 둬. 모든 것을 알고 있고, 모든 것을 할 의지가 있고, 모든 것을 우리들 자신보다 더 잘 해내는 누군가가 우리 안에 있다는 것 말이야. 그런데 미안하지만 난 집에 가봐야겠다."

우리는 간단히 작별 인사를 나누었다. 나는 기분이 좋지 않아 병을 다 비울 때까지 계속 앉아 있었다. 술집을 나서려고 했을 때 데미안이 계산했다는 것을 알았다. 그것이 내 기분을 더욱 더 나쁘게 했다.

나의 생각들은 데미안과 있었던 이 작은 사건으로 되돌아갔다. 나는 그를 잊을 수 없었다. 그가 저 변두리 술집에서 나에게 했던 말이 기이하게도 생생하게 있는 그대로 기억났다. "이걸 알아 둬. 모든 것을 알고 있는 누군가가 우리 안에 있다는 걸."

데미안이 얼마나 그리웠던가. 그가 어디 있는지, 그에게 어떻게 연락할 수 있는지 나는 아무것도 몰랐다. 내가 아는 건 그가 아마도 어느 대학에서 공부하고 있으며 그가 김나지움을 마치자 그의 어머니가 우리 도시를 떠났다는 것뿐이었다.

크로머와 있었던 일까지 기억을 거슬러 올라가면서 나는 막스 데미안에 대해 뭐가 됐든 기억하려고 노력했다. 그가 내게 해 준 얼마나 많은 말들이 몇 년이 지나 다시 내 마음에 되살아났고, 오늘날까지도 여전히 의미 있고 적절하며 나에 관한 것이었던가! 그리고 그다지 유쾌하지 않던 우리의 마지막 만남에서 방탕한 삶이 성인(聖人)이 되는 것에 대해 그가 했던 말들이 갑자기 내 앞에 선명하게 떠올랐다. 그것은 정확하게 나에게 일어난 일이 아니었던가? 나는 취기와 더러움 속에, 멍하니 길을 잃은 채 살지 않았던가? 반대되는 것인 순수함에 대한 갈망과 신성함에 대한 동경이 삶에 대한 새로운 열정으로 내 안에서 활기를 띨 때까지.

그래서 나는 이 기억들을 계속 더듬었다. 밤이 된 지는 한참 되었고 지금은 비가 내리고 있었다. 내 기억에서도 빗소리가 들렸다. 그것은 바로 밤나무 아래에서 그가 나에게 프란츠 크로머에 대해 캐묻고 나의 첫 비밀들을 알아맞혔던 때였다. 일어났던 일이 하나하나 차례대로 떠올랐다. 학교 가는 길에 나눴던 대화들, 견진성사 수업, 그리고 마지막으로 그와의 첫 만남. 우리가 무엇에 대해 이야기했었지? 나는 생각이 얼른 나지 않았지만 완전히 집중하며 시간을 들였다. 이제 그것도 떠올랐다. 그가 나에게 자신이 해석한 카인 이야기를 들려 준 후 우리는 나의 부모님 집 앞에서 있었다. 그때 그는 우리 집 현관문 위의 쐐기돌에 있는 오래되고 반쯤 감춰진 문장(紋章)에 대해 말했다. 그는 그런 것들이 흥미롭다고, 그런 것들에 주의를 기울여야 한다고 말했다.

그날 밤 나는 데미안과 문장(紋章)에 관한 꿈을 꾸었다. 문장은 끊임없이 모습이 바뀌었다. 데미안이 그것을 손에 들고 있었다. 그것은 어떤 때는 작고 회색이었다가 어떤 때는 강하고 얼룩덜룩했다. 그러나 그는 나에게 그것은 언제나 하나이며 동일한 것이라고 설명했다. 마침내 그는 나에게 억지로 문장을 먹였다! 내가 문장을 삼키자 소름 끼치게도 문장에 있던 새가 내 안에서 살아나 부풀어 오르더니 안에서부터 나를 먹어 치우기 시작하는 것이 느껴졌다. 죽음의 두려움에 나는 침대에서 벌떡 얼어나며 잠에서 깨었다.

잠이 완전히 깼다. 한밤중이었다. 방 안으로 비 들이치는 소리가 들렸다. 창문을 닫으려고 일어서다가 바닥에 떨어져 빛나는 무엇인가를 밟았다. 아침에 보니 그것은 내 그림이었다. 그림은 물이 고인 곳에 놓여 있었고 종이가 뒤틀려 있었다. 나는 압지 사이에 그림을 끼워 무거운 책 속에 두었다. 다음 날 다시 보니 마르기는 했는데 변해 있었다. 붉은 입은 색이 바래고 조금 줄어들어 있었다. 이제는 틀림없이 데미안의 입처럼 보였다.

나는 새로 문장의 새를 그리기 시작했다. 나는 그 새가 어떻게 생겼는지 뚜렷하게 기억할 수 없었다. 내가 아는 바로는 문장이 낡기도 했고 페인트를 여러 번 덧칠해서 가까이서 자세히 봐도 확실한 세부 사항을 알 수 없었다. 그 새는 무엇인가의 위에 서 있거나 걸터앉아 있었는데, 아마도 꽃이나 바구니, 둥지, 아니면 우듬지 같았다. 나는 이 세부 사항에 신경 쓰고 있을 수 없어서 내가 또렷하게 떠올릴 수 있는 것부터 시작했다. 불분명한 필요에서 나는 즉시 화려한 색을 쓰기 시작했다. 새의 머리를 황금색으로 칠했다. 기분 내키는 대로 그려서 며칠 내로 그림을 완성했다.

이제 그것은 위풍당당하고 독수리 같은 새매의 머리를 가진 맹금의 모습이었다. 그것의 몸 절반은 어두운 구체(球體)에 붙어 있었는데 하늘색을 배경으로 마치 거대한 알에서 나오려는 것처럼 몸부림치고 있었다. 그림을 계속 찬찬히 보다 보니 점점 더 내 꿈속에 나타났던 알록달록한 문장처럼 보였다.

주소를 알았다고 해도 데미안에게 편지를 쓸 수는 없었을 것이다. 그러나 나는 내가 매사를 처리하는 것처럼 꿈같은 예감의 상태에서 그에게 닿지 않는다 해도 그에게 새매 그림을 보내기로 결심했다. 아무 내용도 쓰지 않았다. 내 이름도 쓰지 않았다. 가장자리를 조심스럽게 자르고, 내 친구의 예전 주소를 썼다. 그러고는 보냈다.

시험이 다가오고 있었고 나는 평소보다 더 열심히 공부해야 했다. 내가 예전의 야비한 생활 방식을 갑자기 바꾼 후부터 선생님들은 나를 다시 호의로 받아들여 주었다. 내가 뛰어난 학생이 된 건 아니었지만 나나 다른 사람도 반 년 전에는 내 제적이 거의 확실한 것 같았다는 생각을 더는 하지 않게 되었다.

아버지의 편지들은 비난이나 위협이 없는 예전의 어조로 돌아갔다. 그러나 나는 아버지나 다른 사람에게 어떻게 내 안에서 변화가 일어난 건지 설명하고픈 마음이 들지 않았다. 이 변화가 부모님과 선생님들의 바람에 일치한 것은 우연이었다. 이 변화는 나를 다른 사람들의 공동체로 끌어들이고 나를 누구에게 더 가깝게 만든 것이 아니라 사실상 나를 더욱 더 외롭게 만들었다. 내 개과천선은 데미안 쪽으로 향해 있는 것 같았지만 그조차도 먼 운명이었다. 너무 깊이 빠져 있었으므로 나 자신도 몰랐다. 그것은 베아트리체로 시작되었지만 얼마 전부터 나는 내 그림들과 데미안에 대한 내 생각들이 있는 비현실적인 세계에 살면서 그녀에 대해서는 까맣게 잊어버렸다. 설령 내가 원했다 하더라도 내 꿈과 기대,

내 변화에 대해 나는 누구에게도 한마디도 할 수 없었다. 하지만 내가 어떻게 그러고 싶을 수 있었겠는가?

5 장
"새는 알에서 나오려고 투쟁한다"

　　내 그림 속 꿈의 새는 내 친구를 찾아가고 있었다. 답장은 너무나 불가사의한 방식으로 나에게 왔다.

　　쉬는 시간이 끝나고 다음 수업이 시작되기 전에 나는 우리 반, 내 책상 위에서 내 책에 쪽지 하나가 끼워져 있는 것을 발견했다. 그 쪽지는 수업 시간에 우리 반 아이들이 몰래 쪽지를 주고받을 때 접는 것과 똑같이 접혀 있었다. 어떤 학생과도 그런 종류의 관계를 맺고 있지 않았었기에 나는 다만 내가 그런 쪽지를 받았다는 것에 놀랐다. 어쨌든 나는 끼지 않겠지만 어떤 장난을 하자는 것이려니 생각하고 쪽지를 읽지 않은 채 책 앞쪽에 두었다. 수업 중에 그 쪽지가 다시 눈에 띄었다.

　　쪽지를 만지작거리다 무심코 펼쳤다. 쪽지에 써 있는 몇 마디 말이 눈에 들어왔다. 한눈에 읽을 수 있었다. 한 문장이 나를 멈칫

하게 했다. 당황한 나는 서늘한 두려움에 심장이 오그라드는 것을 느끼며 쪽지를 읽었다. "새는 알에서 나오려고 투쟁한다. 알은 세계이다. 태어나려는 자는 하나의 세계를 먼저 부수어야 한다. 새는 신에게로 날아간다. 그 신의 이름은 아브락사스(Abraxas)이다."

이 줄을 몇 번이나 되풀이해 읽은 뒤 나는 깊은 생각에 빠졌다. 어떤 의심도 불가능했다. 이것은 데미안의 답장이었다. 내 그림에 대해 아는 사람은 그 말고 누구도 없었다. 그가 그 의미를 파악하고 내가 해석하도록 돕고 있었다. 그러나 이 모든 것이 어떻게 서로 맞아떨어졌을까? 그리고 나를 무엇보다도 짓누른 것은 아브락사스가 무엇을 의미하냐는 것이었다. 그런 말은 들어본 적도, 읽은 적도 없었다. "그 신의 이름은 아브락사스이다."

수업은 한 마디도 귀에 들어오지 않은 채 지나갔다. 다음 시간이 시작되었다. 오전 마지막 수업이었다. 대학을 갓 졸업한 젊은 보조 교사 폴렌스 선생님의 수업이었다. 젊고 허세를 부리지 않는다는 이유만으로 우리는 그를 좋아했다.

폴렌스 선생님은 우리에게 헤로도토스를 가르치고 있었다. 이 수업은 내가 흥미를 갖는 몇 안 되는 과목들 중 하나였다. 그러나 오늘은 헤로도토스조차도 내 주의를 끌지 못했다. 나는 기계적으로 책을 폈지만 해석을 따라가지 않고 내 생각에 깊이 빠져 있었다. 게다가 우리가 같이 받았던 견진성사 수업 때 데미안이 나에게 알려 주었던 것을 나는 자주 확인했었다. 아주 간절히 바라면 이룰 수 있다. 수업 시간에 내가 생각에 빠져 있을 때 선생님이 나를 호명할까 봐 걱정할 필요는 없었다. 내가 산만하거나 맥이 풀려 있으면 선생님이 갑자기 내 옆에 나타났다. 이미 나에게 있었던 일이었다. 그러나 내가 내 자신의 생각에 완전히 빠져 정말로 집중하고 있으면 그러면 나는 지켜졌다. 나는 또한 사람을 뚫어지게 쳐다보는 기술도 시험해 보았고 그것이 효과가 있다는 것을 알았다. 데미안과 아직 함께이던 시절에는 잘되지 않았는데, 이제는 많은 것을 날카로운 시선과 생각으로 달성할 수 있다는 것을 자주 느꼈다.

그때도 나는 헤로도토스나 학교로부터 아주 동떨어진 곳에 가 있었다. 갑자기 선생님의 목소리가 내 의식 속으로 번개처럼 들어와서 나는 정신이 번쩍 들었다. 선생님의 목소리가 들렸고, 실제로 내 옆에 서 계셨다. 선생님이 내 이름을 부른 게 아닐까 하는 생각까지 했지만 선생님은 나를 보고 있지 않았다. 안심이 되었다.

그때 선생님의 목소리가 다시 들렸다. 그 목소리는 커다랗게 "아브락사스"라고 말하고 있었다.

처음 부분은 놓쳤지만 폴렌스 선생님은 긴 설명을 계속하고 있었다. "우리는 저들 종파의 견해와 신비주의 사회들을 볼 때 합리주의자의 관점으로 단순하게 봐서는 안 됩니다. 오늘날 우리가 알고 있는 과학을 고대에는 알 수 없었습니다. 그 대신 고도로 발달했던, 철학적이고 신비주의적인 진실에 심취했습니다. 이러한 심취에서 비롯된 것은 어느 정도 한낱 평범한 주술과 바보 같은 행위였는데, 어쩌면 사기와 범죄로도 자주 이어졌겠죠. 하지만 이

주술 역시 심오한 철학을 가진 고귀한 선조가 있었습니다. 예를 들면 제가 조금 전에 언급했던 아브락사스에 관한 가르침이 그렇습니다. 이 이름은 그리스의 주문과 관련되어 나타나고, 오늘날에도 특정 미개 부족들이 믿는 것처럼 주술사를 돕는 존재의 이름으로 간주되는 경우가 많습니다. 그러나 아브락사스는 훨씬 더 깊은 의미를 가지고 있는 것 같습니다. 우리는 그 이름을 신적인 요소와 악마적인 요소를 결합시키는 상징적 임무를 지닌 어떤 신성의 이름으로 생각할 수도 있습니다."

학식 있는 그 작은 남자는 지적이고 열정적으로 말했지만 그렇게 주의를 기울이는 사람은 없었다. 아브락사스라는 이름이 다시 나오지 않자 내 생각은 다시 내 자신의 일로 되돌아갔다.

"신적인 요소와 악마적인 요소를 결합한다"는 말이 내 안에서 울려 퍼졌다. 여기에는 내 생각이 달라붙는 뭔가가 있었다. 이 관념은 데미안과 나누었던 대화들에서 나에게 익숙한 것이었다. 우리 우정의 마지막 시기에 그가 말했었다. 우리에게는 숭배하는 신이 하나 있는데 그 신은 독단적으로 나뉘어진 세계의 절반만을 나타내지만 (그것은 공식적이고 허용된 빛나는 세계였다) 우리는 세계 전체를 숭배할 수 있어야 한다고. 악마이기도 한 신을 갖든지 신에 대한 예배와 함께 악마에 대한 예배도 같이 올리든지 해야 한다는 말이었다. 그런데 아브락사스가 신이자 악마인 신이었다.

한동안 나는 이 생각에 열심히 파고들었지만 아무런 진전도 없었다. 아브락사스가 언급된 것을 찾아 온 도서관의 책들을 샅샅이 뒤졌다. 그러나 나의 본성은 처음에는 손에 든 너무나 무거운 진실들만을 찾는 이런 종류의 직접적이고 의식적인 조사를 할 마음이 나지 않았다.

그토록 친밀하고 열렬하게 열중했던 베아트리체의 모습도 서서히 가라앉았다. 아니 그보다는 오히려 천천히 멀어져 지평선에 가까워지다가 더 어슴푸레하고 더 멀고 더 희미해졌다. 그녀는 더 이상 내 영혼의 갈망을 채워 주지 못했다.

몽유병자처럼 존재했던, 스스로가 만든 독특한 고립 속에서 새로운 성장이 내 안에서 형태를 갖춰가기 시작했다. 삶에 대한 갈망이, 아니 사랑에 대한 갈망이 커졌다. 한동안 베아트리체에 대한 숭배로 승화시켰던 성적 충동은 새로운 영상과 대상을 요구했다. 그러나 내 갈망은 충족되지 않은 채로 남아 있었다. 내 갈망을 속이고 친구들이 운을 시험해 보는 여자들로부터 뭔가를 기대하는 것이 나에게는 예전보다 더 불가능했다. 나는 다시 생생하게 꿈을 꾸었다. 사실상 밤보다는 낮에 더 많이 꾸었다. 영상들, 모습들, 욕구들이 내 안에서 자유롭게 솟아나 나를 바깥 세계와 더 멀어지게 했다. 나는 나를 둘러싼 실제 세계보다 내 자신이 만들어낸 세계인 이 영상들과 꿈들과 그림자들과 더 실체적이고 더 생생한 관계를 맺었다.

특정한 꿈, 혹은 반복해서 나타나는 환상이 나에게 의미를 갖게 되었다. 내 삶에서 가장 중요하고 가장 오랫동안 의미 있었던 그 꿈은 이런 것이었다. 내가 아버지의 집으로 돌아가 있었다. 현관문 위에 문장의 새가 파란색을 배경으로 노랗게 빛났다. 집에서 어머니가 나를 향해 다가오고 있었다. 그러나 내가 들어서며 어머니를 포옹하려고 하자 그것은 어머니가 아니라 내가 한 번도 본 적 없는 인물이었다. 키가 크고 강하며, 막스 데미안과 내가 그린 그림을 닮았으면서도 달랐다. 힘이 있는데도 완전히 여성적이었다. 이 인물이 나를 자신에게 끌어당겨 깊고 떨리는 포옹으로 나를 감쌌다. 희열과 오싹함이 뒤섞였다. 그 포옹은 경건한 예배 행위인 동시에 죄악이었다. 이 인물은 내 어머니, 내 친구를 연상시키는 것들이 너무 많이 뒤섞여 있었다. 그 인물의 포옹은 숭배라는 관념을 완전히 거스르고 있었지만 더없는 환희였다. 깊은 희열을 느끼며 이 꿈에서 깨어날 때도 있었고, 죽음의 두려움과 뭔가 끔찍한 죄를 저지른 것 같은 양심의 가책에 시달리며 깨어날 때도 있었다.

이 너무나 내밀한 영상은 내가 추구하려는 신에 대해 외부에서 온 암시와 서서히 무의식적으로만 연결되어갔다. 그 연결은 점점 더 긴밀하고 내밀해졌으며 나는 이 꿈속 예감에 내가 아브락사스를 불러냈다는 것을 깨닫기 시작했다. 기쁨이자 공포이며, 남자이면서 여자이고, 가장 신성한 것과 가장 추악한 것이 뒤얽혀 있으며, 지고한 순수 사이로 번뜩이는 죄악이었다. 그것은 내 사랑의 꿈의 영상이자 아브락사스의 모습이기도 했다. 사랑은 더 이상 처음에 내가 두려움을 느끼며 경험했던 동물적인 어두운 충동이 아니었고, 내가 베아트리체에게 바쳤던 신앙의 열렬한 변형도 아니었다. 둘 다이면서 그 이상이었다. 천사이자 사탄이며, 남자이자 여자이고, 인간이자 짐승이며, 지고의 선이면서 극단적인 악의 모습이었다. 나는 이런 식으로 살아가게끔 운명 지어진 것 같았다. 이것이 나의 예정된 운명 같았다. 나는 그것을 동경하면서도 두려워했다. 그것은 내 위에서 끊임없이 맴돌며 늘 존재하고 있었다.

이듬해 봄 나는 김나지움을 떠나 대학에 들어가게 되었다. 그러나 나는 여전히 어디서 무엇을 공부해야 할지 결심이 서지 않았다. 가는 콧수염이 자랐고, 다 자란 어른이었지만 여전히 완전히 무력했고 삶에 목표가 없었다. 내 안에 있는 목소리, 꿈속의 영상 단 한 가지만 확실했다. 나는 이 목소리가 나를 어디로 데려가든 맹목적으로 따라가야 한다는 의무를 느꼈다. 그러나 그것은 어려웠고 나는 날마다 거기에 반항했다. 어쩌면 내가 미쳤나 보다고 때때로 생각했다. 어쩌면 나는 다른 사람들과 다른 게 아닐까? 그러나 다른 사람들이 하는 것은 나도 똑같이 할 수 있었다. 약간 열심히 노력하면 플라톤을 읽을 수 있었고, 삼각법 문제를 풀거나 화학 분석을 따라갈 수 있었다. 내가 할 수 없는 것은 단 하나였다. 어둡게 감춰진 목표를 나 자신으로부터 캐내서 교수, 변호사, 의사, 예술가같이 자신이 되고 싶은 것과, 그러자면 시간이 얼마나 걸리고, 이 결정에 따르는 어려움과 장점에는 뭐가 있는지를 정확하게 알고 있는 다른 사람들처럼 내 앞에 놓는 것, 이것을 나는 할 수 없었다. 어쩌면 나도 그와 비슷한 것이 되겠지만 내가 어떻게 알겠는가? 어쩌면 몇 년이고 계속해서 찾아만 다니다가 아무것도 되지 못하고 목표에 도달하지 못할 수도 있다. 어쩌면 이 목표에 도달하지만 결국 사악하고 위험하며 무서운 목표였음이 밝혀질 수도 있다.

나는 내 진정한 자아가 이끄는 대로 살려고 했을 뿐이다. 그것이 왜 그렇게 어려웠을까?

나는 내 꿈속에 나타났던 위대한 사랑의 환영을 그려 보려고 여러 번 시도했다. 한 번도 성공하지 못했다. 성공했다면 데미안에게 그 그림을 보냈을 텐데. 나는 그가 어디에 있는지 몰랐다. 나는 다만 우리가 연결되어 있다는 것만 알고 있었다. 우리는 언제다시 만나게 될까?

나의 베아트리체 시절의 몇 주일, 몇 달 간의 평온함은 오래전에 사라졌다. 그 당시 나는 내가 안전한 항구에, 평화의 섬에 도달했다고 느꼈다. 그러나 언제나처럼 내가 내 상태에 익숙해지자마자, 꿈이 나에게 희망을 주자마자 그것은 시들고 헛되어졌다. 잃어버린 뒤에 한탄해 봤자 소용없었다. 이제 나는 채워지지 않는갈망과 자주 나를 완전히 발광하게 만들었던 팽팽한 기대의 불 속에 살았다. 나는 자주 사랑하는 내 꿈의 환영을 살아 있는 모습보다 훨씬 더 생생하게, 내 자신의 손보다 훨씬 더 뚜렷하게 보았다. 나는 그 환영과 이야기하고, 그 앞에서 울고, 그 환영을 저주했다. 어머니라고 부르며 눈물을 흘리며 그 앞에 무릎 꿇었다. 연인이라고 부르며 모든 것을 충족시키는 성숙한 입맞춤을 예감했다. 악마이며 창녀이고, 흡혈귀이며 살인자라고 불렀다. 환영은 나를 유혹해 너무나 부드러운 사랑의 꿈속에, 도발적인 음탕함에 빠뜨렸다. 아주 선하고 귀한 것도 없었고, 아주 악하고 저열한 것도 없었다.

그해 겨울 내내 나는 설명하기 힘든 끝없는 내면의 소용돌이를 겪었다. 내 외로움에 익숙해진 지는 이미 오래되었다. 외로움은 나를 짓누르지 않았다. 나는 데미안과 새매와 내 운명이자 연인인 내 꿈의 위대한 환영과 함께 살았다. 이것은 나를 지탱하기에 충분했다. 모든 것이 광대함과 공간을 향해 있었으며, 그 모든 것이 아브락사스를 향해 있었기 때문이다. 그러나 이 꿈들 중 어느 것도, 이 생각들 중 어느 것도 나에게 복종하지 않았다. 무엇도 내 마음대로 부릴 수 없었다. 그것들 중 어느 것도 내 마음대로 색칠할 수 없었다. 그것들이 와서 나를 가졌다. 나는 그것들의 지배를 받았고 그것들을 담는 그릇이었다.

그러나 나는 바깥 세계에 대해서는 잘 무장되어 있었다. 나는 더 이상 사람들을 두려워하지 않았다. 내 학우들조차 이것을 알고 나를 남모르는 존경으로 대해서 자주 내 입술에 미소를 자아냈다. 원한다면 나는 그들 대부분을 꿰뚫어 볼 수 있었고 이따금씩 그렇게 해서 그들을 깜짝 놀라게 했다. 다만 그런 일은 극히 드물거나 전혀 없었다. 나는 늘 나 자신에게 열중해 있었다. 그리고 나는 한번은 정말로 살아 보게 되기를, 세계에 내 자신의 무엇인가를 주게 되기를, 세계와 관계를 맺고 싸우게 되기를 필사적으로 갈망했다. 이따금씩 저녁 거리를 걸으며 잠을 이루지 못해 한밤중까지 방으로 돌아오지 못할 때 나는 바로 지금 이 순간 내 연인을 만나게 될 것 같은 느낌이 들었다. 그녀가 다음 길모퉁이에서 나를 스쳐 지나가고 가장 가까운 창문에서 나를 부를 것 같은 느낌이 들었다. 다른 때에는 이 모든 것이 견딜 수 없을 정도로 고통스러운 것 같아 자살하려고도 했다.

바로 그때 나는 흔히들 말하듯이 '우연히' 특이한 도피처를 찾아냈다. 그러나 나는 우연 같은 건 없다고 생각한다. 당신에게 간절히 원하는 것이 있는데 그것을 찾게 되었다면 그것은 우연이 아니다. 당신의 열망과 충동이 당신을 그리로 이끈 것이다.

산책길에 두세 번 도시 변두리에 있는 작은 교회에서 흘러나오는 오르간 음악을 들었다. 들으려고 멈추지는 않았다. 다음번에 이 교회를 지나게 되었을 때 그 음악을 다시 듣게 되었는데 바흐였다. 가까이 가 보니 문은 잠겨 있었다. 거리에는 사람이 거의 없었기 때문에 나는 교회 옆에 있는 갓돌에 앉아 코트 깃을 세우고 귀를 기울였다. 큰 오르간은 아니었지만 좋은 음색이었다. 결의와 끈질김이 극도로 개인적이고 기이하게 표현되며 연주되고 있어서 기도처럼 들렸다. 그 오르간 연주자는 그 음악 속에 숨겨져 있는 보물을 알고 있었다. 그는 자신의 생명을 구하듯 이 보물을 얻으려고 구애하고 문을 두드리며 씨름하고 있었다. 음악에 대한 내 지식은 기술적으로는 매우 부족하지만 나는 어린 시절부터 음악을 직관적으로 파악하며 내 안에 자명한 것으로 느끼고 있었다.

오르간 연주자는 좀 더 현대적인 곡도 연주했다. 막스 레거인 것 같았다. 교회는 거의 완전히 어두워져서 아주 가느다란 빛줄기만이 나와 제일 가까운 창문으로 새어 들었다. 나는 음악이 멈출 때까지 기다렸다가 왔다갔다 서성이는데 오르간 연주자가 교회에서 나오는 것이 보였다. 그는 나보다는 나이가 많았지만 아직 젊고 어깨가 떡 벌어지고 땅딸막했다. 그는 활기차면서도 내키지 않는다는 듯한 걸음걸이로 성큼성큼 그곳을 떠났다.

그때부터 나는 가끔 저녁 시간에 교회 밖에 앉아 있거나 그 앞에서 오르락내리락 서성였다. 한 번은 문이 열려 있는 것을 발견하고 오르간 연주자가 위층에서 연주하는 동안 추위에 떨면서도 행복하게 반 시간 동안 신도석에 앉아 있었다. 그가 연주하는 음악에서 내가 읽은 것은 그의 개성만이 아니었다. 그가 연주하는 모든 곡은 또한 그다음 곡과 밀접한 관계가 있었고 비밀스럽게 연결되어 있었다. 그가 연주하는 모든 곡은 신앙심, 헌신, 경건함으로 가득 차 있었다. 그러나 교회 가는 사람들과 목사들 같은 경건함이 아니라 중세의 순례자와 탁발 수도사같이 경건했고, 모든 종파를 초월하는 보편적인 느낌에 무조건적으로 헌신하는 경건함이었다. 그는 바흐 이전에 작곡된 음악과 옛날 이탈리아 음악도 연주했다. 그리고 이 모든 음악은 똑같은 것을 말해 주었다. 그가 연주하는 모든 곡은 그 음악가의 영혼에 있는 것을 표현하고 있었다. 갈망, 세계와 너무나 고통스러운 해방에 대한 마음 깊은 속죄, 자신의 어두운 영혼에 대한 열렬한 귀 기울임, 도취시키는 몰두, 경이로움에 대한 깊은 호기심을 나타내고 있었다.

한번은 교회에서 나오는 오르간 연주자를 몰래 뒤따라갔다가 그가 도시 변두리에 있는 작은 선술집에 들어가는 것을 보았다. 나는 그를 따라 안으로 들어가지 않을 수 없었다. 처음으로 나는 그를 자세히 볼 수 있었다. 그는 작은 실내의 구석 귀퉁이에 있는 탁자에 검은 중절모를 쓰고 앉아 있었다. 술 한 병이 그 앞에 놓여 있었다. 그의 얼굴은 내 추측대로였다. 못생겼고 약간 거칠었으며, 탐구적이고 고집스러웠으며, 변덕스럽고 단호하면서도 그의 입은 아이처럼 부드러운 면이 있었다. 그의 모든 남자다움과 힘은 눈과 이마에 집중되어 있었다. 반면 얼굴의 아랫부분은 여리고 미성숙했으며, 억제되지 않고 어딘가 아주 부드러웠다. 우유부단하고 소년 같은 턱이 이마, 눈과 모순되는 것 같았다. 자부심과 적의로 가득 찬 그의 짙은 갈색 눈이 마음에 들었다.

나는 한마디 말도 없이 그의 맞은편에 앉았다. 그 선술집에는 손님이 우리밖에 없었다. 쫓아 버리려는 듯이 그가 나를 쳐다봤다. 그러나 나는 꼼짝 않고 앉아서 그가 못마땅해하며 툴툴거릴 때까지 태연하게 그를 마주 보았다. "도대체 왜 쳐다보는 거요? 뭐 원하는 것이라도 있소?"

"아닙니다. 선생님께 원하는 것 없습니다." 내가 말했다. "이미 많이 주셨는걸요."

그가 눈썹을 찌푸렸다.

"그래, 음악 애호가시로군. 음악에 미친다는 것이 나는 구역질 나는데."

나는 그가 나를 겁주도록 내버려 두지 않았다.

"선생님의 연주를 자주 들었습니다. 아까 그 교회에서요." 내가 말했다. "하지만 귀찮게 해 드릴 생각은 없습니다. 뭔가를, 특별한 뭔가를 찾아낼 수 있을지도 모른다고 생각했거든요. 사실 그게 뭔지는 모릅니다. 그러나 저는 신경 쓰지 마십시오. 교회에서 선생님 연주를 들을 수 있거든요."

"하지만 문을 언제나 잠궈 두는데."

"얼마 전에는 잊어버리셔서 제가 안에 앉아 있었습니다. 보통은 밖이나 갓돌에 앉아 있습니다."

"정말이오? 다음에는 안에 들어오시오. 한결 따뜻하다오. 문만 두드리시오. 하지만 세게 쾅쾅 두드려야 하오. 내가 연주하지 않을 때만 말이오. 그럼 계속해 보시오. 나에게 무슨 말을 하고 싶으신 게요? 꽤 젊군. 아마 대학생쯤 되나 보구려. 음악가요?"

"아뇨. 음악 듣는 것을 좋아합니다. 그냥 선생님께서 연주하시는 그런 음악이요. 완벽하게 절대적이고, 한 인간이 천국과 지옥을 흔들고 있다는 느낌이 드는 그런 음악 말입니다. 그런 음악은 도덕 관념이 없어서 좋아하는 것 같습니다. 다른 모든 것은 너무나 도덕적입니다. 전 도덕적이지 않은 무언가를 찾고 있습니다. 도덕은 저에게 항상 참을 수 없는 것 같았거든요. 잘 표현을 못하겠군요. 신이면서 동시에 악마인 신이 틀림없이 존재한다는 것을 알고 계시죠? 한때 있었다고도 하더군요. 그런 이야기를 들었습니다."

음악가는 넓은 모자를 약간 뒤로 젖히고 고개를 흔들어 눈에 내려온 머리카락을 털어내며 나를 뚫어지게 보았다. 그가 탁자 너머로 얼굴을 낮추었다.

나직하면서도 기대하는 듯한 목소리로 그가 물었다. "당신이 언급한 그 신의 이름이 뭐요?"

"안타깝게도 그 신에 대해서는 아는 바가 거의 없습니다. 사실 이름밖에 모릅니다. 그 신은 아브락사스라고 불립니다."

음악가는 누군가 엿들을 수도 있다는 듯이 의심스럽게 주위를 둘러보았다. 그러더니 나에게 몸을 가까이하고 속삭였다. "내 생각이 바로 그거요. 당신은 누구요?"

"저는 김나지움 학생입니다."

"아브락사스에 대해서는 어떻게 듣게 되었소?"

"우연히요."

그가 탁자를 치는 바람에 그의 잔에 있던 술이 흘러 넘쳤다. "우연히라고! 말 같지 않은 소리 하지 마시오, 젊은 친구! 아브락사스에 대해 우연히 듣는 사람은 없어. 알겠소. 그 신에 대해 내가 좀 더 말해 주지. 내가 조금은 알거든."

그는 입을 다물더니 자신의 의자를 뒤를 밀었다. 내가 잔뜩 기대에 차서 그를 바라보니 그가 얼굴을 찌푸렸다.

"여기서는 말고. 나중에 다른 때. 거기서 들으시오."

그는 벗지 않고 있었던 코트에 손을 집어넣어 군밤 몇 개를 꺼내 나에게 던졌다.

나는 아무 말 하지 않고 그것들을 받아서 먹고 만족감을 느꼈다.

"좋소." 잠시 후에 그가 낮은 목소리로 말했다. "어디서 알았소? 그 신에 대해."

나는 망설이지 않고 말했다.

"한때 저는 혼자였고 자포자기 상태에 있었습니다. 나는 이야기를 시작했다. "그때 나보다 아는 게 많다고 느꼈던 몇 년 전의 친구가 떠올랐습니다. 저는 무엇인가를 그렸었습니다. 동그란 물체에서 빠져 나오려는 새 그림이었죠. 저는 그 친구에게 이 그림을 보냈습니다. 얼마 있다가 종이 한 장을 발견했는데 거기에는 다음과 같은 말이 쓰여 있었습니다. "새는 알에서 나오려고 투쟁

한다. 알은 세계이다. 태어나려는 자는 하나의 세계를 먼저 부수어야 한다. 새는 신에게로 날아간다. 그 신의 이름은 아브락사스이다."

그는 아무 대답도 하지 않았다. 우리는 군밤을 까서 안주로 먹으며 술을 마셨다.

"한 잔 더 하시겠소?" 그가 물었다.

"아닙니다, 됐습니다. 술을 좋아하지 않습니다."

그가 약간 실망하며 웃었다.

"좋을 대로 하시오. 나와는 다르군. 난 좀 더 있을 생각이니 원한다면 가 보시오."

다음 번에 그의 오르간 연주가 끝나고 그와 함께 있게 되었을 때 그는 말이 별로 없었다.

그는 골목을 내려가 오래되고 장엄한 저택의 위층에 있는 크지만 어딘가 어둡고 방치된 듯한 방으로 나를 데려갔다. 피아노 말고는 그가 음악가라는 것을 알 만한 것이 방 안에는 아무것도 없었다. 오히려 커다란 책장과 책상이 있어 학자의 방 같은 분위기를 띠었다.

"책이 정말 많군요!" 내가 감탄하며 외쳤다.

"그 중 일부는 아버지 서재에서 가져온 책이요. 아버지 집에 살고 있거든. 그렇소, 젊은이. 나는 부모님 집에서 살고 있소. 하지만 당신을 부모님에게 소개할 수는 없소. 내가 알고 지내는 사람들을 이 집에서는 그리 달갑지 않게 생각하거든. 내 아버지는 이 도시에서 굉장히 명망 있고 저명한 신부님이자 설교자이지. 그리고 나는, 사정을 단번에 이해시켜 주자면, 잘못된 길로 빠져 약간 미치기까지 한, 그분의 재능 있고 전도 유망한 아들이라오. 나는 신학생이었는데 국가 고시 직전에 바로 그 존경스러운 학과를 떠났소. 말하자면 완전히 떠난 건 아니지. 개인적인 연구에 관한 한 떠난 건 아니니까. 나는 사람들이 그들 자신을 위해 만들어 낸 신에는 어떤 종류가 있는지 아는 데 아직도 관심이 아주 많으니 말이오. 그 밖에는 나는 현재 음악가이고 모처에서 자그마한 오르간 연주자 자리를 얻게 될 것 같소. 그러면 다시 교회에서 일하게 되겠지."

작은 탁상용 등잔의 희미한 불빛이 비치는 데까지 나는 책등을 쭉 훑어보았다. 그리스어, 라틴어, 히브리어 제목들이 보였다. 한편 그 사람은 바닥에 엎드려 뭔가에 몰두해 있었다.

"이리 오시오." 잠시 후에 그가 불렀다. "우리는 철학을 좀 해야 하오. 무슨 뜻이냐 하면 입 닥치고 엎드려서 생각한다는 말이지."

그는 성냥을 그어 그가 엎드려 있던 앞의 벽난로 속 종이와 장작에 불을 붙였다. 불꽃이 높이 솟았다. 그는 불을 휘젓고 아주 조심스럽게 장작을 집어넣었다. 나는 그의 곁, 닳아 해진 양탄자 위에 누웠다. 한 시간 가량 우리는 아른거리는 장작 앞에 말없이 엎드려 불꽃이 솟아오르고, 푹 사그라들다가 휘어지고, 깜박거리다가 바르르 떨리더니 결국 푹 꺼진 깜부기불로 조용히 내려앉는 모습을 바라보았다.

"불 숭배는 결코 인간이 창안해 낸 가장 어리석은 일이 아니야." 어느 순간에 그가 혼자 중얼거렸다. 그 외에는 우리 중 누구도 한마디도 하지 않았다. 나는 불꽃을 뚫어지게 응시하며 꿈과 정적 속에 빠져들어 연기 속에서 형상들을, 재 속에서 영상들을 보았다. 한 번은 깜짝 놀랐다. 그 사람이 깜부기불에 송진 몇 개를 던지자 가느다란 불꽃이 솟아오르며 노란 새매의 머리를 한 그 새가 보였다. 꺼져가는 깜부기불 속에서 붉고 황금빛을 띤 실들이 한데 모여 그물이 되더니 알파벳 글자들, 얼굴들에 대한 기억들, 동물들, 식물들, 벌레들, 뱀들이 나타났다. 몽상에서 빠져나와 옆에 있는 그 사람을 보니 그는 주먹 위에 턱을 괴고 완전히 몰두한 채 재 속을 광적으로 응시하고 있었다.

"이제 가 봐야겠습니다." 내가 살며시 말했다.

"그럼 가 보시오. 안녕히 가시오."

그는 일어서지 않았다. 등불이 꺼져 있어서 그 마법에 걸린 고택의 어두운 방과 복도를 더듬더듬 빠져나왔다. 밖으로 나온 나는 멈춰서 그 집의 정면을 올려다보았다. 모든 창문이 어두웠다. 현관에 걸려 있는 작은 놋쇠 문패가 가로등 불빛을 받아 희미하게 빛났다. 거기에는 이렇게 쓰여 있었다. "수석 신부 피스토리우스"

집에 돌아와 저녁을 먹고 내 작은 방에 앉아서야 아브락사스에 대해서도 피스토리우스에 대해서도 들은 게 아무것도 없으며, 우리가 열 마디도 채 나누지 않았다는 생각이 들었다. 그러나 나는 내 방문에 매우 만족했다. 다음에 만났을 때 그는 매우 아름다운 옛날 음악 한 곡을, 북스테후데가 작곡한 오르간 작품 파사칼리아를 연주해 주겠노라고 약속했다.

나는 전혀 의식하지 못하고 있었지만 오르간 연주자 피스토리우스는 그 음울한 은둔자의 방에서 불을 앞에 두고 우리가 바닥에 엎드려 있었을 때 나에게 첫 수업을 해 준 것이었다. 불꽃을 바라본 것이 나에게는 자극이 되었다. 내가 지니고만 있었지 한 번도 갈고닦지 않았던 성향들을 확인시켜 주었다. 나는 그것들이 차츰 이해되어 갔다.

　　어렸을 때부터 나는 기묘한 자연현상을 응시하는 버릇이 있었다. 관찰하는 것이라기보다는 그것들이 가진 마력과 혼란스럽고 깊은 언어에 몰두하는 것이었다. 옹이투성이의 긴 나무 뿌리, 바위의 힘줄 같은 알록달록한 무늬, 물에 떠 있는 기름 얼룩, 빛에 굴절되는 유리에 난 금 이 모든 것들이 한때 내게 엄청난 마력을 지녔었다. 물과 불, 연기, 구름, 먼지가 특히 그랬고 눈을 감는 순간 눈앞에서 빙빙 돌던 소용돌이치는 색의 입자들 거의 대부분이 그랬다. 피스토리우스를 방문한 후 며칠 동안 이 모든 것이 기억나기 시작했다. 나는 그날 저녁 이후로 느끼게 된 어떤 활력과 기쁨, 자각의 강화는 오로지 불을 그토록 오래 응시했던 것 덕분임을 알아차렸다. 불을 바라보는 것은 너무나 위안을 주고 보람찬 일이었다.

　　내 삶의 진정한 목표를 향해 내가 나아가도록 도와주는 얼마 안 되는 경험들에 나는 이것을, 그와 같은 외형을 가만히 바라보는 것을 새로운 경험으로 추가했다. 자연의 비이성적이고 묘하게 혼란스러운 형성물에 몰두하다 보면 이러한 현상을 초래한 힘과 내적으로 조화되는 느낌을 우리 안에서 느끼게 된다. 우리는 이내 그것들이 우리 자신의 기분이라고, 우리 자신이 만들어낸 것이라고 생각하고 싶은 유혹의 포로가 되며, 자연으로부터 우리를 갈라놓는 경계가 흔들리며 사라지기 시작하는 것을 본다. 우리는 우리 망막 위의 영상이 외부에서 받은 인상들의 결과인지 아니면 내면에서 받은 인상들의 결과인지 판가름할 수 없는 정신 상태에 익숙해지게 된다. 우리가 어느 정도까지 창조적이며, 우리 영혼이 어느 정도까지 세계의 끊임없는 창조에 참여하는지 어디에서도 이 연습에서처럼 쉽고 간단하게 발견할 수는 없다. 그것은 우리 안에서 그리고 자연에서 작용하는 신성이 서로 나누어질 수 없는 똑같은 것이기 때문이다. 그래서 외부 세계가 파괴된다 하더라도 우리 중 단 한 사람이 세계를 재건할 수 있을 것이다. 산과 강, 나무와 잎, 뿌리와 꽃, 그렇다, 모든 자연 형태가 우리 안에 잠재되어 있고 영혼에서 기원한다. 영혼의 본질은 영원이고, 우리가 그 본질을 알 수는 없지만 영혼은 종종 사랑하고 창조하는 힘으로 우리에게 그 모습을 은연중에 드러낸다.

몇 년이 지나서야 나의 이러한 관찰은 레오나르도 다 빈치의 어느 책에서 확인되었다. 다 빈치는 책의 어느 부분에서 많은 사람들이 침을 뱉어 놓은 담벼락을 보는 것이 얼마나 훌륭하고, 얼마나 대단한 흥미를 불러일으키는지 설명한다. 축축한 담벼락에 있는 각각의 얼룩을 보며 그는 피스토리우스와 내가 불 앞에서 느꼈던 것과 똑같은 것을 느꼈음에 틀림없다.

다음 번에 우리가 함께 있게 되었을 때 오르간 연주자는 설명했다. "우리는 늘 우리 개성의 경계를 너무 좁게 정하지. 우리는 보통 개인적인 특성이나 일반적이지 않다고 우리가 인식하는 것만 우리의 개성이라고 여기네. 그러나 우리는 우리들 각각은 세계를 구성하는 모든 것으로 이루어져 있어. 우리 몸이 진화의 계보도를 물고기까지 거슬러 올라가 그보다 훨씬 더 먼 옛날까지 포함하고 있는 것처럼 말이야. 그래서 우리는 한때 인류의 영혼에 살아 있었던 모든 것을 우리 영혼 속에 지니고 있지. 그리스인들에게서든, 중국인들에게서든, 아니면 줄루족에게서든 일찍이 존재했던 모든 신과 악마가 우리 안에 있다네. 잠재 가능성으로, 소망으로, 대안으로서 존재하지. 인류가 지구상에서 사라지고 아무 교육도 받지 않았지만 웬만큼 재능 있는 아이 하나만 남는다 해도 이 아이는 진화의 모든 과정을 재발견할 거라네. 신과 악마, 낙원, 율법, 구약과 신약, 모든 것을 다시 한 번 만들어낼 수 있을 거야."

"네, 좋습니다." 내가 대답했다. "하지만 그렇다면 개인의 가치는 무엇이죠? 모든 것이 우리 안에 완성되어 있다면 우리는 왜 끊임없이 노력하는 겁니까?"

"그만!" 피스토리우스가 외쳤다. "우리 안에 세계를 그냥 지니고만 있는 것과 그것에 대해 인식하고 있는 것 사이에는 엄청난 차이가 있네. 미치광이가 자네에게 플라톤을 연상시키는 생각을 지껄일 수도 있고, 신앙심 깊은 조그만 신학생이 그노시스주의자들이나 조로아스터에서 발견되는 심오한 신화적 유사성을 다시 생각해 볼 수도 있어. 하지만 그는 인식하고 있는 게 아냐. 인식하지 않는 한 그는 나무이거나 돌이고 기껏해야 동물이지. 그러나 그 안에서 인식의 첫 불꽃이 나타나자마자 그는 인간이 되네. 자네는 직립 보행을 하고 새끼를 아홉 달 동안 뱃속에 넣어 다닌다고 해서 길에서 지나치는 모든 두발 동물을 인간이라고 여기지는 않을 거야! 그들 중 얼마나 많은 사람들이 물고기나 양, 벌레나 천사인지, 얼마나 많은 사람들이 개미이고, 얼마나 많은 사람들이 벌인지는 너무나 잘 알 거라고! 좋아, 그들 각각은 인간이 될 가능성이 있지만 이 가능성을 암시함으로써만, 부분적으로는 그 자신이 이 가능성을 인식하는 것을 배움으로써만, 바로 이 점에서만 이 가능성이 자기 것이 되는 거지."

우리의 대화는 대체로 이렇게 흘러갔다. 대화에서 전혀 새로운 것, 아주 놀라운 것이 나오는 경우는 드물었다. 그러나 모든 것이, 가장 평범한 내용조차도 부드럽고 꾸준한 망치질처럼 내 안의 똑같은 지점을 계속 두드렸다. 모든 대화가 내가 나 자신을 형성하는 데 도움이 되었으며, 모든 대화가 허물을 벗고 알껍질을 깨는 데 도움이 되었다. 하나하나의 대화가 깨부술 때마다 나는 내 머리를 조금 더 높이, 조금 더 자유롭게 쳐들었다. 그리고 나의 노란 새가 지구의 산산조각 난 껍데기 밖으로 그 아름다운 맹금의 머리를 내밀었다.

우리는 또한 우리의 꿈에 대해 서로 자주 이야기했다. 피스토리우스는 꿈을 해석할 줄 알았다. 이것에 대한 사례 하나가 바로 지금 떠오른다. 내가 날 수 있는 꿈을 꾸었는데 갑자기 공중에 내던져진 것 같았고 전혀 제어가 되지 않았다. 날고 있다는 느낌이 나를 신나게 만들었지만 내 자신이 점점 더 높이 날아오르면서 점점 더 무력해지자 그 들뜬 기분은 두려움으로 변했다. 그 순간 숨을 멈추거나 내쉼으로써 상승 비행이나 하강 비행을 조절할 수 있다는 구원 같은 발견을 했다.

피스토리우스의 해석은 다음과 같았다. "자네를 날게 만든 동력은 우리 위대한 인류의 재산이지. 누구나 그 힘을 가지고 있네. 힘의 근원과 연결되어 있는 느낌이지만 이내 이 느낌이 두려워지지. 빌어먹게 위험하거든! 그래서 대부분의 사람들은 날개를 벗어 던지고 차라리 걸어 다니며 법에 복종하는 쪽을 택하지. 그러나 자네는 아니야. 자네는 계속 날고 있어. 그리고 보게! 자네는 자네가 서서히 비행을 터득하기 시작한다는 것을 발견하지. 자네를 저기 위로 날아오르게 하는 위대한 보편적인 힘에 자신의 미미하고 작은 힘을 보태고 있음을 발견해. 하나의 기관, 하나의 조종 장치를 말일세. 정말 대단한 거지! 그것이 없다면 자네는 무력하게 그 높이까지 끌려 올라간 게 되겠지. 미치광이들이 그러듯이 말이야. 미치광이들은 지상에 묶여 있는 사람들보다 더 깊은 예감을 지니고 있지만 그들은 열쇠도 조종 장치도 없어서 굉음을 내며 무한 속으로 빨려 들어가지. 그러나 자네는, 싱클레어, 자네는 그 일을 제대로 하고 있어. 어떻게냐고? 아마 자네는 자신을 잘 모르겠지. 자네는 새로운 기관을 가지고, 자네의 호흡을 조절하는 것을 가지고 그 일을 하고 있어. 그리고 이제 자네는 자네의 영혼에 아주 깊이 들어가면 개성적이라고 할 만한 것이 얼마나 적은지 알게 될 걸세. 이 조절기를 고안해 낸 게 자네 영혼은 아니니까! 새로운 것이 아니지! 자네는 빌려온 거야. 수천 년 동안 존재해 온 것을 말이야. 그것은 물고기가 평형 상태를 조절하는 기관인 부레지. 그리고 실제로 물고기 중에는 부레가 일종의 허파의 기능을 해서 때에 따라서는 호흡기관으로 사용될 수도 있는 몇몇 특이한 원시 물고기 종류가 아직도 있어. 그러니까 꿈속에서 자네가 비행용 부레로 사용한 허파와 똑같은 것 말일세."

그는 동물학 책까지 가져와 나에게 그 진화가 덜 된 물고기들의 이름과 도판을 보여 주었다. 나는 묘한 전율과 함께 진화 초기 단계의 기관이 내 안에 여전히 존재하고 있음을 느꼈다.

6장
야곱의 싸움

기이한 음악가 피스토리우스가 아브락사스에 대해 나에게 말해준 것 전부를 간략하게 들려주는 것은 불가능하다. 가장 중요한 것은 그에게 배운 것으로 나 자신을 향해 나 있는 길에 또 한 걸음 내디뎠다는 점이다. 당시에 나는 열여덟 살의 평범하지 않은 젊은이였다. 수백 가지 점에서 조숙했고, 다른 수백 가지 점에서 미숙하고 무력했다. 내 또래의 다른 소년들과 나를 비교할 때면 자주 우쭐하고 자만했지만 그만큼 자주 굴욕스럽고 의기소침했다. 자주 내 자신을 천재라고 여기다가 그만큼 자주 미쳤다고 생각했다. 또래 아이들의 생활에 잘 끼지 못했고, 내가 그들과 어찌해 볼 수 없을 정도로 떨어져 있고 삶에서 열외되었다는 자책과 걱정에 자주 사로잡혔다.

그 자신이 성숙한 괴짜였던 피스토리우스는 나에게 용기와 자아 존중을 지키는 법을 가르쳐 주었다. 내가 말한 것에서, 내 꿈, 내 환상, 내 생각에서 항상 가치 있는 것을 찾아냄으로써, 그것들을 가볍게 여기지 않고 항상 진지하게 생각해 줌으로써 그는 나의 모범이 되었다.

"자네가 말했지." 그가 말했다. "도덕관념이 없어서 음악을 좋아한다고. 나야 상관없네만 그렇다면 자네 자신이 도덕주의자가 되어서는 안 되지. 자신을 남들과 비교해서는 안 돼. 자연이 자네를 박쥐로 만들었는데 자네는 타조가 되려고 해서는 안 된다고. 자네는 때로 자신이 특이하다고 여기고, 대부분의 사람들과 다른 길을 가고 있다고 자신을 책망하지. 그러지 말아야 하네. 불을 보고 구름을 보게. 내면의 목소리가 말하기 시작하면 그것에 모든 걸 맡기고 그것이 허용된 것인지, 선생님이나 아버지, 혹은 어떤 신을 기쁘게 해 줄지에 대해 먼저 묻지 말게. 그러면 자신을 망치게 되네. 그렇게 해서 지상에 묶이게 되는 거야. 식물처럼. 싱클레어, 우리 신의 이름은 아브락사스야. 그는 신이면서 사탄이지. 그 안에는 빛나는 세계와 어두운 세계가 모두 들어 있어. 아브락사스는 자네의 어떤 생각, 어떤 꿈에도 이의를 제기하지 않아. 그것을 결코 잊지 말게. 하지만 언젠가 자네가 흠잡을 데 없이 정상적인 인간이 되어 버리면 아브락사스가 자네를 떠날 걸세. 그때는 그가 자네를 떠나 그의 사상을 산출할 다른 그릇을 찾을 거야."

내 모든 꿈들 가운데 사랑에 대한 어두운 꿈이 가장 끈질겼다. 그 꿈을 얼마나 자주 꾸었는지 모른다. 내가 문장의 새 밑을 지나 우리 집으로 들어가서 어머니를 끌어안고 싶어 하지만 어머니 대신 반은 남자, 반은 어머니인 체구가 큰 여자를 팔로 안는 꿈이었다. 나는 그녀가 두려웠지만 그녀에게 격렬하게 끌렸다. 이 꿈은 내 친구에게 털어놓을 수 없었다. 그에게 다른 모든 것을 얘기하고 난 후에도 이 꿈만은 비밀로 간직했다. 그 꿈은 나의 모퉁이, 나의 비밀, 나의 은신처였다.

기분이 울적할 때는 피스토리우스에게 북스테후데의 파사칼리아를 연주해 달라고 청했다. 그럴 때면 나는 먼지 가득한 교회에 앉아 이 대단히 내밀하고 자기 몰두적인 음악에 완전히 빠져들었다. 자기 자신에 귀 기울이고 있는 것 같은 그 음악은 들을 때마다 나를 편안하게 해 줘 내가 내면의 목소리를 더욱더 귀담아 들을 수 있도록 준비시켜 주었다.

때로 우리는 음악이 멈춘 후에도 그대로 교회에 앉아 희미한 빛이 높고 뾰족한 아치형의 창문으로 비쳐 들어와 교회 안에서 사그라드는 모습을 바라보았다.

"이상하게 들리지." 피스토리우스가 말했다. "내가 한때 신학생이었고 신부가 될 뻔했다는 게 말이야. 그러나 나는 형태상의 오류를 저지른 것뿐이야. 나의 과업과 목표는 여전히 사제이지. 하지만 난 너무 일찍 만족했고 아브락사스에 대해 알기 전에 내자신을 여호와에게 바쳤지. 아, 그래, 각각의 모든 종교는 아름다워. 종교는 영혼이지. 기독교의 성찬식에 참석하든지 메카로 성지 순례를 가든 상관없어."

"하지만 그렇다면" 내가 끼어들었다. "실제로 신부가 될 수도 있었잖아요."

"아니, 싱클레어. 난 거짓말을 해야만 했을 거야. 우리 종교는 마치 뭔가 다른 것처럼, 뭔가 전혀 효험이 없는 것처럼 행해지지. 최악의 상황이 되면 난 가톨릭교도가 될지도 모르겠지만 개신교 사제는 안 될 거야. 절대! 소수의 진짜 신자들은, 그런 사람을 내가 몇 명 알고 있는데, 성경 구절 해석을 더 좋아하지. 예를 들어, 나는 그들에게 그리스도가 나에게는 한 인간이 아니라 영웅이고 신화이며 인류가 영원의 벽에 자신의 모습으로서 그려 놓은 특별한 그림자상이라고 말하지 못하네. 그리고 다른 사람들, 똑똑한 말 몇 마디를 듣기 위해, 의무를 다하기 위해, 아무것도 놓지 않기 위해 등등의 이유로 교회에 가는 사람들에게 내가 무슨 말을 할 수 있었겠나? 그들을 개종시키라고? 그런 말인가? 하지만 나는 그러고 싶지 않네. 사제란 개종시키고 싶어 하지 않아. 다만 신자들 틈에 끼어 같이 살고 싶어 하지. 자신과 같은 부류의 사람들 틈에 끼어서 말이야. 우리가 우리의 신들을 창조하는 것에서 받는 느낌을 전달하고 표현하고 싶어 하지."

그는 말을 멈추었다. 그러더니 계속했다. "이보게, 친구, 우리가 아브락사스라고 부르는 우리의 새로운 종교는 아름답네. 우리가 가지고 있는 최상의 것이지. 그러나 그것은 아직 깃털이 갓난 새라네. 날개가 아직 자라지 않았어. 외로운 종교 역시 제대로 된 종교는 아니야. 사람들이 있어야 하고, 예배 의식과 도취, 축제와 비밀 의식이 있어야 해."

그는 생각에 빠져 자신에게 몰두했다.

"비밀 의식이라면 혼자서든 아주 적은 사람들과 함께든 치를 수 있지 않나요?" 내가 머뭇거리며 물었다.

"물론, 할 수 있지." 그가 고개를 끄덕였다. "나는 오랫동안 나 혼자서 비밀 의식을 치러 왔네. 내게는 누구라도 알게 되는 날에는 감옥에서 몇 년은 보내야 할 나만의 예배 의식이 있지. 그렇지만 그것 역시 제대로 된 종교는 아니라는 것도 알아."

갑자기 그가 내 어깨를 쳐서 나는 깜짝 놀랐다. "이봐," 그가 진지하게 말했다. "자네도 자네만의 비밀 의식을 가지고 있군. 자네가 나에게 말하지 않은 꿈들이 있다는 걸 알아. 그 꿈들에 대해 알고 싶지는 않네. 하지만 자네에게 말할 수 있어. 그 꿈들을 살으라고, 그 꿈들과 놀으라고, 그 꿈들에게 제단을 세워 주라고. 그것은 아직 이상적이지는 않지만 올바른 방향을 가리키네. 언젠가 자네와 나, 그리고 몇몇 다른 사람들이 세계를 새롭게 할지 어떨지는 두고 봐야겠지. 하지만 우리는 우리 안에서 그것을 매일 새롭게 해야 하네. 그렇지 않으면 우리는 진지한 게 아니야. 그걸 잊지 말게! 자네는 열여덟 살이야, 싱클레어. 자네는 매춘부에게 달려가지 않지. 자네는 사랑을 꿈꾸어야 하네. 자네는 욕망이 있어야 해. 어쩌면 자네는 그런 것들을 두려워하도록 만들어졌는지도 모르지. 그러지 말게. 그것들은 자네가 가진 최상의 것들이야. 나를 믿어도 돼. 내가 자네 나이였을 때 나는 사랑의 꿈들을 거스름으로써 많은 것을 잃었지. 그래서는 안 되는데. 자네가 아브락사스에 대해 조금이나마 아는 한 더 이상 그러면 안 되네. 아무것도 두려워해서는 안 돼. 영혼이 욕망하는 어떤 것도 금지된 것으로 여겨서는 안 된다네."

나는 깜짝 놀라서 반박했다. "하지만 생각난다고 모두 할 수는 없는 거잖아요! 못 견디게 싫다고 해서 누군가를 죽일 수는 없잖아요."

그가 나에게 가까이 다가왔다.

"어떤 상황에서는 그래도 되네. 하지만 사람을 죽이는 건 대개는 실수지. 머리에 떠오른다고 다 해야 한다는 말이 아닐세. 아니고말고. 하지만 충분히 의미 있는 생각들을 몰아내고 도덕의 잣대를 들이밀어 훼손하고 쫓아버려서는 안 돼. 자네 자신이나 다른 누군가를 십자가에 못 박는 대신, 성배의 술을 마시고 희생의 비밀 의식을 생각해낼 수 있지. 그런 절차 없이도 자네의 충동과 소위 유혹이라는 것을 존중과 사랑으로 처리할 수 있다네. 그러면 그것들이 의미를 드러낼 걸세. 그런 것들도 모두 의미를 가지고 있거든. 자네에게 다시 정말로 정신 나간 생각 혹은 죄가 되는 생각이 떠오르면, 누군가를 죽이고 싶거나 극악무도한 짓을 저지르고 싶어지면, 싱클레어, 바로 그때 생각하게. 자네 안에서 공상하고 있는 것은 바로 아브락사스라고! 자네가 없애고 싶어 하는 사람은 결코 아무개가 아니라 그저 위장된 것일 뿐이네. 자네가 어떤 사람을 미워한다면 자네는 그 사람 안에 있는 자네 자신의 일부이기도 한 어떤 것을 미워하는 것이지. 우리 자신의 일부가 아닌 것이 우리를 어지럽히는 경우는 없다네."

피스토리우스가 이토록 깊숙이 나에게 와 닿은 말을 한 적은 한 번도 없었다. 나는 대답할 수 없었다. 그러나 가장 기묘하면서도 가장 충격적이었던 것은 이 충고가 내가 수년 동안 마음속에 지니고 있었던 데미안의 말과 같다는 것이었다. 두 사람은 서로를 모르는데 두 사람 모두 나에게 똑같은 말을 해 주었다.

"우리가 보는 것들은" 피스토리우스가 부드럽게 말했다. "우리 안에 있는 똑같은 것들이지. 우리 안에 들어 있는 것 외에 현실이란 없어. 그래서 그렇게 많은 사람들이 비현실적으로 사는 거라네. 그들은 자신들 밖에 있는 영상들을 현실로 받아들이고 자신 안에 있는 세계는 전혀 힘을 행사하지 못하게 해. 그렇게 행복할 수는 있겠지. 하지만 일단 다른 해석을 알게 되면 대부분의 사람들을 따라 가겠다는 선택은 더 이상 하지 않게 돼. 싱클레어, 대부분의 사람들이 가는 길은 쉬워. 우리가 가는 길은 어렵지."

며칠 후, 두 차례 그를 기다렸으나 허탕 치고 난 뒤 밤늦게 그를 만났다. 그는 차가운 밤 바람에 날려 모퉁이를 돌아 나타난 것처럼 보였다. 그는 잔뜩 취해서 몸을 못 가눌 정도로 휘청거렸다. 그를 부르고 싶은 마음이 들지 않았다. 그는 나를 보지 못한 채 내 곁을 스쳐 지나갔다. 초점 잃은 눈을 반짝이며 앞을 응시한 채 마치 알 수 없는 것의 어두운 부름을 따르는 것처럼. 나는 길 하나쯤 되는 거리를 두고 그를 뒤따라갔다. 그는 마치 보이지 않는 끈에 끌어당겨지는 것처럼 광신적이면서도 흐트러진 걸음걸이로 유령처럼 정처 없이 걸어갔다. 슬프게도 나는 집으로, 이루지 못한 내 꿈들에게로 돌아왔다.

'그래, 그는 저렇게 자신 안에서 세계를 새롭게 하는구나!' 라는 생각이 들었다. 그와 동시에 그것이 저급하고 도덕적 관점의 생각이라고 느꼈다. 그의 꿈에 대해 내가 뭘 안단 말인가? 어쩌면 그는 취해서 꿈속에서의 나보다 더 확실한 길을 걸어갔을지도 모른다.

　수업 시간 사이 쉬는 시간에 몇 번인가 내가 한 번도 주의를 기울인 적 없는 같은 반 학생 하나가 나를 찾아내려는 것처럼 보이는 것이 눈에 뜨였다. 그는 섬세하고 약해 보이는 소년이었다. 붉은 빛이 도는 얇은 금발머리를 하고 있었으며 눈의 표정과 행동에 별난 데가 있었다. 어느 저녁, 집에 가는데 그가 골목에서 나를 기다리고 있었다. 그는 내가 지나가게 두더니 내 뒤를 따라오다가 내가 현관에 도착하자 멈춰 섰다.

　"나한테 뭐 원하는 거 있니?" 내가 그에게 물었다.

　"너하고 그냥 한번 이야기해 보고 싶어서." 그가 부끄러워하며 말했다. "나랑 잠깐만 함께 걸어 줘."

　그가 흥분과 기대에 가득 차 있다는 것을 느끼며 나는 그를 따라 걸었다. 그의 손이 떨렸다.

　"너 심령술사니?" 그가 불쑥 물었다.

　"아냐, 크나우어." 내가 웃으며 말했다. "전혀 아니야. 왜 그런 생각을 하게 되었지?"

　"그럼 넌 접신론자구나?"

　"역시 아니야."

　"아, 그렇게 입 다물고 있지 마! 너에게 뭔가 특별한 것이 있다는 걸 난 느낄 수 있어. 네 눈에 나타나 있다고. 나는 네가 영(靈)들과 소통한다고 확신해. 쓸데없는 호기심에서 묻고 있는 게 아니야, 싱클레어. 아니, 나 자신이 구도자거든. 너도 알겠지만 말이야. 그리고 난 완전히 혼자야."

"계속해. 얘기해 봐." 나는 그를 격려했다. "난 영들에 대해서는 잘 몰라. 나는 내 꿈속에 살아. 네가 그걸 감지한 거지. 다른 사람들도 꿈속에 살지만 그들 자신의 꿈이 아니지. 그게 다른 점이야."

"그래, 어쩌면 그럴지도 모르지." 그가 나직이 말했다. "네가 어떤 종류의 꿈속에서 사는가는 중요하지 않아. 백(白)마술이라고 들어 봤니?"

나는 아니라고 해야 했다.

"자신을 제어하는 법을 배우는 건데 죽지 않을 수도 있고 사람들에게 마법을 걸 수도 있어. 그런 연습해 본 적 있니?"

내가 이 '연습'이라는 게 뭔지 물어보자 그는 입을 다물었다. 내가 돌아가려고 몸을 돌리자 그때서야 모든 것을 말해 주었다.

"예를 들어, 잠들고 싶을 때나 뭔가에 집중하고 싶을 때 나는 이 연습을 해. 뭔가를 생각하는 거야. 이를테면 단어나 이름, 혹은 기하학적인 형태 같은 거. 그리고 나서 이 형태가 나 자신 속에 있다고 될 수 있는 한 아주 열심히 생각하지. 그것이 실제로 내 머릿속에 있다고 느낄 때까지 그것을 상상하려고 노력하는 거야. 그런 다음에는 그것이 내 목에 있다고 생각해. 그런 식으로 내가 그것으로 완전히 채워질 때까지 생각하는 거야. 그러면 나는 마치 바위가 된 것처럼 단단해져서 무엇도 더 이상 나를 흐트러뜨리지 못해."

그가 하는 말이 어렴풋이 이해되었다. 하지만 그를 괴롭히는 문제는 뭔가 다른 것이라는 확신이 들었다. 그는 이상하리만치 흥분해 있었고 안절부절못했다. 나는 그가 편하게 말할 수 있게 하려고 노력했다. 그러자 그는 곧 자신의 진짜 관심사를 말했다.

"너도 금욕하지?" 그가 머뭇거리며 물었다.

"뭘 말하는 거니, 성생활 말이야?"

"응, 나는 2년 동안 금욕해 왔어. 그 훈련에 대해 알고 나서부터. 그때까지만 해도 나는 타락했었지. 그런데 넌 여자랑 한 번도 안 해 봤지?"

"응." 내가 말했다. "맞는 상대를 못 찾았어."

"그럼 맞는 상대라고 느껴지는 여자를 찾으면 같이 잘 거야?"

"당연히 그렇겠지. 여자가 싫다고 하지 않는다면." 나는 약간 냉소적으로 말했다.

"아, 넌 완전히 잘못 생각하고 있어! 완전히 금욕해야만 내면의 힘을 기를 수 있어. 나는 2년 내내 그렇게 했어. 2년 하고도 한 달 더를 말이야! 그건 너무나 힘들어! 더 이상 못 참겠다는 생각이 들 때도 있지."

"이봐, 크나우어, 나는 금욕이 그토록 중요하다고는 생각하지 않아."

"알아." 그가 항의했다. "다들 그렇게 말하지. 하지만 너도 똑같은 말을 할 줄은 몰랐어. 좀 더 지고한 정신의 길을 가고 싶다면 절대적으로 정결해야 해."

"글쎄, 그렇다면 정결해! 하지만 난 자신의 성적 욕망을 억누른다고 왜 다른 사람보다 더 정결하다는 건지 이해가 안 되는걸. 아니면 넌 너의 모든 생각과 꿈에서 성을 제거할 수 있다는 거니?"

그가 나를 절망적으로 쳐다보았다.

"아니, 그건 중요하지 않아. 하느님 맙소사, 하지만 난 그래야 해. 나는 밤이면 내 자신에게도 말하지 못하는 꿈들을 꿔. 무서운 꿈들을."

피스토리우스가 나한테 했던 말들이 떠올랐다. 그러나 그의 생각에 동감하면서도 그 말들을 전할 수는 없었다. 내 자신의 경험에서 나온 것도 아니고 내 자신도 따르지 못하는 충고를 해 줄 수는 없었다. 나는 아무 말도 할 수 없었다. 나에게 충고를 구하는 사람에게 아무 충고도 해 줄 수 없다는 것이 좀 창피했다.

"모든 걸 다 해 봤어!" 크나우어가 내 옆에서 탄식하듯 내뱉었다. "할 수 있는 건 다 해 봤단 말이야. 냉수욕, 눈밭에서 뒹굴기, 체조, 달리기. 하지만 다 소용없었어. 밤마다 생각조차 해선 안 되는 꿈들을 꾸다 깨어나. 정말 무서운 것은 그러면서 내가 배운 모든 정신적인 것들을 서서히 잊어가는 거지. 더 이상 집중할 수도, 잠들 수도 없게 돼. 어떤 때는 밤새도록 잠들지 못한 채 누워 있기도 해. 더 이상 이럴 수는 없어. 내가 싸움에서 이길 수 없다면, 그래서 결국 항복하고 다시 더럽혀진다면 아예 싸워 본 적도 없는 다른 사람들보다 나는 더 나빠질 거야. 이해하겠니?"

나는 고개를 끄덕였지만 아무 말도 해 줄 수 없었다. 나는 그가 지루해지기 시작했고, 그의 명백한 어려움과 절망이 나에게 그다지 깊은 인상을 주지 않는 것에 놀랐다. 나의 느낌은 다만, 난 너를 도울 수 없어였다.

"그러니까 넌 아무것도 모른다는 거니?" 그가 기진맥진하여 슬프게 물었다. "전혀 아무것도 몰라? 하지만 분명 방법이 있을 거야. 넌 어떻게 하는데?"

"말해 줄 수 있는 게 아무것도 없어, 크나우어. 우리는 다른 누군가를 도울 수 없어. 나를 도와준 사람도 아무도 없었지. 네 자신을 받아들인 다음 마음속 깊이 원하는 것을 해야 해. 다른 방법은 없어. 네 스스로 그것을 찾아내지 못하면 너는 다른 정신도 찾아내지 못할 거야."

그 작은 친구는 나를 쳐다보더니 실망해서 갑자기 말을 잃었다. 그러더니 눈에 증오의 빛을 드러내며 얼굴을 일그러뜨리고 소리쳤다. "아, 너야 고매하신 성인이시지! 넌 타락했어. 난 알아. 넌 현명한 척하지만 나나 다른 사람들과 똑같이 남몰래 더러운 것에 매달리지. 넌 나와 마찬가지로 돼지야. 돼지라고. 우리는 모두 다 돼지야!"

나는 그를 거기에 세워 둔 채 그 자리를 떠났다. 그는 두세 걸음 나를 따라오더니 몸을 돌려 달아났다. 나는 연민과 혐오감으로 속이 메스꺼웠다. 내 방에 돌아와 그림들에 둘러싸여 내 자신의 꿈들에 빠져서야 그 느낌이 사라졌다. 당장에 그 꿈이 떠올랐다. 현관과 문장에 대한, 어머니와 낯선 여자에 대한 꿈. 그녀의 모습이 어찌나 또렷하게 보이는지 나는 그날 저녁 그녀의 그림을 그리기 시작했다.

며칠 뒤 15분간의 몽환적인 상태에서 스케치한 그림이 완성되자 나는 그 그림을 벽에 걸고 그 앞에 독서 등을 가져다 놓고는 내가 마지막까지 싸워야 했던 유령 앞에 서 있는 것처럼 그림 앞에 섰다. 그것은 예전 그림과 비슷한 얼굴이었다. 나를 닮은 구석도 있었다. 한쪽 눈이 다른 쪽 눈보다 눈에 띄게 높이 있었고, 시선은 나를 넘어 어딘가로 향해 있었으며, 자기 자신에게 깊이 몰두해 있었고, 흔들림 없이 운명에 가득 차 있었다.

그림 앞에 선 나는 그림의 힘에 마음속이 서늘해지기 시작했다. 나는 그림에게 묻고 질책하고 구애하고 기도했다. 나는 그 그림을 어머니라고 불렀다. 창녀이고 매춘부라고 불렀다. 연인이라고 불렀다. 그리고 아브락사스라고 불렀다. 피스토리우스가 한 말이—아니 데미안이었던가?—내 저주의 말들 사이에서 떠올랐다. 그 말을 누가 했는지는 기억할 수 없었지만 그 말이 다시 들리는 것 같았다. 그것은 야곱과 천사의 싸움에 관한 말이었다. "나를 축복하지 않으면 보내주지 않겠다"는 말이었다.

그림 속 얼굴은 등불을 받아 그때그때의 간청에 따라 변했다. 밝게 빛나다가 어둡고 음울해졌으며, 죽은 듯한 눈 위로 창백한 눈꺼풀을 감았다가 다시 떠 번뜩이는 시선으로 쏘아보았다. 그것은 여자였고, 남자였으며, 소녀였고, 아이였으며, 동물이었다. 작은 얼룩으로 흐려졌다가 다시 크고 선명해졌다. 마지막으로 강한 충동에 이끌려 나는 눈을 감았다. 이제 그 그림이 내 안에서 보였다. 예전보다 더 강하고 더 힘 있었다. 나는 그 앞에 무릎을 꿇고 싶었지만 마치 내 자신의 자아가 되어버린 것처럼 그림이 나와 너무나 밀착되어 있어서 그림과 내 자신을 분리할 수 없었다.

그때 봄에 몰려오는 폭풍이 시작되기 전처럼 어둡고 무거운 울부짖음이 들렸다. 나는 무서운 일이 일어날 것만 같은 말로 설명할 수 없는 새로운 느낌에 몸을 떨었다. 별들이 내 앞에서 번쩍하다가 사그라들었다. 잊혀진 최초의 유년으로까지, 그렇다, 진화의 초기 단계에 있는 전생으로까지 거슬러 올라간 기억들이 나를 지나쳐 밀어 닥쳤다. 그러나 내 삶의 모든 비밀을 나에게 되풀이하는 것 같은 이 기억들은 과거와 현재에 멈추지 않았다. 과거와 현재를 넘어 미래를 비추었고, 현재로부터 나를 떼어내 아주 선명하게 빛나는 영상의 새로운 삶의 형태들 속으로 집어넣었는데, 나중에는 어느 하나 분명하게 기억해낼 수 없었다.

밤에 깊은 잠에서 깨어나 보니 옷을 입은 채 침대에 비스듬히 누워 있었다. 나는 불을 켰다. 뭔가 중요한 것을 생각해 내야만 할 것 같은 기분이 들었지만 몇 시간 전에 대해 아무것도 기억해 낼 수 없었다. 차츰 어렴풋이 기억이 나기 시작했다. 나는 그림을 찾았다. 그림은 더 이상 벽에 걸려 있지 않았고 탁자에도 없었다. 그때 내가 그림을 태운 기억이 얼핏 나는 것 같았다. 아니면 내 손바닥에 그림을 놓고 태운 후 그 재를 삼킨 것은 꿈이었을까?

엄청난 불안감이 나를 사로잡았다. 나는 강박처럼 모자를 쓰고 집 밖으로 나와 골목을 따라 걸었다. 정신이 나간 것처럼 수많은 거리와 광장들을 빠른 걸음으로 달려 지나쳤다. 내 친구의 어두운 교회 앞에서 잠깐 귀를 기울이다가 그게 무엇인지도 모른 채 절박하게 찾고 또 찾았다. 나는 사창가가 있는 구역을 지나갔다.

여기저기 불 켜진 창문들이 보였다. 더 한참을 걸어가 군데군데 회색 눈으로 덮인 벽돌 더미가 도처에 있는, 새로 짓고 있는 주택들이 있는 지역에 도착했다. 마치 몽유병자처럼 어떤 이상한 강박에 사로잡혀 온 거리를 헤매고 다니다가 나를 괴롭히던 크로머가 나에게 처음으로 돈을 뜯어냈던 고향 도시의 새로 짓는 건물 뒤편이 기억났다. 어스름한 밤, 비슷한 건물이 지금 내 앞에 서 있었다. 건물의 어두운 입구가 나에게 입을 벌리고 있었다. 그것은 나를 안으로 잡아당겼다. 달아나고 싶은 나는 모래와 쓰레기에 발부리가 걸렸다. 그러나 나를 잡아당기는 힘이 더 강했다. 나는 들어가야 했다.

판자와 벽돌들을 넘어 나는 그 음산한 방으로 비틀비틀 걸어 들어갔다. 갓 바른 시멘트에서 축축하고 차가운 냄새가 났다. 모래 더미가, 옅은 회색인 지점이 한 군데 있었고 나머지는 온통 캄캄했다.

그때 겁에 질린 목소리가 들려왔다. "맙소사, 싱클레어, 너 어디서 온 거야?"

내 옆에서 형체 하나가, 작고 마른 녀석이 유령처럼 어둠 속에서 일어섰다. 소스라치게 놀랐다가 내 학우 크나우어라는 것을 알았다.

"여기에 어떻게 온 거야?" 그가 미친 듯이 흥분하여 물었다. "나를 어떻게 찾을 수 있었지?"

나는 이해가 되지 않았다.

"난 널 찾고 있던 게 아니야." 내가 얼이 빠져서 말했다. 단어 하나하나가 너무 힘들어서 무감각한 입술 사이로 더듬더듬 흘러나왔다.

그가 나를 빤히 쳐다보았다.

"나를 찾고 있던 게 아니라고?"

"응. 뭔가에 이끌려 왔어. 네가 나를 불렀니? 네가 나를 부른 게 틀림없어. 아무튼 여기서 넌 뭘 하고 있었지? 밤이잖아."

그는 여윈 팔로 나를 으스러져라 껴안았다.

"맞아, 밤이지. 곧 아침이 오겠지. 나를 용서해 줄 수 있니?"

"뭘 용서해 달라는 거지?"

"아, 내가 너무 터무니없게 굴었잖아."

그제야 우리가 나누었던 대화가 기억났다. 4, 5일 전이었던가? 그때 이후로 한평생이 지나간 것만 같았다. 나는 갑자기 모든 것이 이해되었다. 우리 사이에 무슨 일이 있었는지뿐만 아니라, 내가 왜 여기로 오게 되었으며 크나우어가 여기서 무엇을 하려고 했는지도.

"자살하려고 했구나, 크나우어."

그가 추위와 두려움에 몸을 떨었다.

"응, 그러려고 했어. 내가 할 수 있었을지는 모르겠지만 말이야. 아침까지 기다리고 싶었어."

나는 그를 바깥으로 끌고 나왔다. 수평선에 걸친 첫 햇살이 잿빛 새벽 속에서 차갑고 무관심하게 어렴풋이 나타났다.

그의 팔을 잡고 한참을 갔다. 내가 말하는 소리가 들렸다. "이제 집에 가. 그리고 누구에게도 말하지 마! 넌 길을 잘못 들었던 거야. 우리는 네가 생각하는 것처럼 돼지가 아니야. 인간이지. 우리는 신들을 창조하고 신들과 싸우지. 그리고 신들은 우리에게 축복을 내려."

우리는 계속 걷다가 다른 말 없이 헤어졌다. 집에 도착하니 벌써 날이 밝아 있었다.

내가 성 〇〇시에서 그 이후 몇 주 간 얻은 최고의 것은 오르간이나 벽난로 앞에서 피스토리우스와 함께 보낸 시간이었다. 우리는 아브락사스에 관해 그리스어로 된 책을 공부하고 있었다. 그는 나에게 고대 브라만교의 경전인 베다 번역본에서 몇 구절을 발췌해 읽어 주었고 신성한 소리인 "옴"을 어떻게 소리 내는지 가르쳐 주었다. 그런데도 나를 내적으로 키운 것은 이러한 밀교적인 것이 아니었다. 나를 북돋운 것은 자아를 발견해 가는 과정에서 내가 발전하고, 내 꿈들과 생각과 예감에 대해 더 신뢰하게 되었으며, 내 안에 가지고 있었던 힘에 대해 더 잘 알게 되었다는 점이었다.

피스토리우스와 나는 있을 수 있는 모든 방법으로 서로를 이해했다. 그를 생각하며 그가—아니면 그의 전갈이—올 거라고 확신하기만 하면 되었다. 데미안에게 그랬듯이 나는 그가 없어도 그에게 무엇이든 물어볼 수 있었다. 그를 마음에 투사하고 내 질문을 집중된 생각의 형태로 그에게 향하기만 하면 되었다. 그러면 질문에 들인 모든 정신적인 노력이 나에게 동일한 형태로 대답이 되어 돌아왔다. 내가 떠올려 불러낸 것은 피스토리우스라는 인물도, 막스 데미안이라는 인물도 아니었다. 내 꿈에 나오고 내가 그렸던 인물, 반은 남자이고 반은 여자인 내 수호신의 꿈속 영상이었다. 이 존재는 이제 더 이상 내 꿈속에만 갇혀 있지 않았으며, 더 이상 종이에 그려진 존재로 그치지 않고, 내 안에서 내 자아의 이상형이자 확장형으로 살았다.

자살 미수자 크나우어가 나와 맺게 된 관계는 특이했고 가끔은 익살맞기도 했다. 내가 그에게 보내졌던 그날 밤 이후로 그는 충직한 하인이나 개처럼 나에게 달라붙어 자신의 삶을 나의 삶과 함께 구축하려고 애쓰면서 맹목적으로 나를 따랐다. 그는 너무나 놀라운 질문과 요청들을 들고 나에게 왔고, 영(靈)을 보고 카발라를 배우고 싶어 했으며, 그런 모든 문제에 대해 내가 아무것도 모른다고 아무리 납득시켜도 내 말을 믿으려 하지 않았다. 그는 내 힘을 넘어서는 것은 아무것도 없다고 생각했다. 그러나 묘하게도 내가 내 자신의 어려운 문제에 부딪쳐 있을 때 그가 자신의 풀리지 않는 어리석은 질문들을 나에게 들고 오면 그의 비현실적인 생각과 요청이 자주 해결의 실마리이자 자극을 제공해 주었다. 그가 귀찮아서 단호하게 쫓아내는 일도 많았다. 그러나 나는 그 역시 나에게 보내졌음을, 내가 그에게 무엇을 주든 그로부터 나에게 곱절이 되어 돌아온다는 것을 느꼈다. 그 역시 나의 안내자였다. 아니면 적어도 이정표였다. 그가 구원을 찾기 위해 나에게 들고 오는 밀교(密敎)적인 책과 글들은 그 당시 내가 생각했던 것보다 더 많은 것을 나에게 가르쳐 주었다.

나중에 크나우어는 나도 모르는 사이에 내 인생에서 빠져나갔다. 우리는 한 번도 서로 충돌하지 않았다. 그럴 이유가 없었다. 피스토리우스는 달랐다. 성 OO시에서의 시절이 끝나갈 무렵 나는 피스토리우스와 함께 이상한 일을 겪었다.

아무리 악의 없는 사람이라도 살면서 한 번 혹은 몇 번쯤 경건과 감사라는 순수한 미덕과 충돌하게 되는 일을 완전히 피할 수는 없다. 빠르건 늦건 우리 모두는 아버지로부터, 스승들로부터 떨어져 나오는 걸음을 내디뎌야 한다. 우리 모두는 혹독한 외로움을 겪어야 한다. 대부분의 사람들은 이것을 잘 견디지 못하고 금방 다시 기어들어 가기는 하지만. 나 자신은 부모님과 그들의 세계, 그 '빛나는' 세계로부터 격렬한 싸움 끝에 떨어져 나왔지만 천천히 거의 알아차리지 못하게 멀어진 것이었다. 나는 이럴 수밖에 없는 것이, 고향을 방문했을 때 불편해진 것이 슬펐다. 그러나 그것이 나에게 깊은 영향을 미치지는 않았다. 견딜 만했다.

그러나 습관이 아닌 우리 자신의 자유의지로 우리의 사랑과 존경을 바쳤던 곳에서, 우리가 마음 깊이 제자이자 친구가 되었던 곳에서, 우리 안의 흐름이 우리에게 가장 소중한 것들로부터 우리를 멀리 떼어 놓고 싶어 한다는 것을 갑자기 깨닫게 되는 것은 씁쓸하고 무서운 순간이다. 그 순간 친구이자 스승을 거스르는 모든 생각이 독 묻은 가시처럼 우리 자신의 마음을 향하고, 그 순간 방어의 타격 하나하나가 우리 자신의 얼굴로 되돌아 날아오며, '충직하지 못함'과 '고마움을 모름'이라는 말들이 스스로를 도덕적으로 온전하다고 여기는 사람에게 야유와 오명처럼 떠오른다. 그리고 두려운 마음은 이 단절이 이루어져야 하며 이 결속 역시 끊어져야 한다는 것을 믿지 못해 어린 시절의 미덕들이 있는 마법에 걸린 골짜기로 겁을 먹고 달아난다.

시간이 지나면서 내 마음속에서는 피스토리우스를 너무나 거리낌없이 스승으로 인정하는 것에 서서히 거부하는 마음이 들었다. 그와의 우정, 그의 조언, 그에게 받은 위안, 그의 곁에 있었던 것은 내 청소년기에서 가장 중요한 몇 달 동안 극히 필요한 경험이었다. 신은 그를 통해 나에게 말했다. 그의 입을 통해 내 꿈들은 명확해지고 해석되어 돌아왔다. 그는 나에게 나 자신에 대한 믿음을 주었다. 그리고 이제 나는 서서히 그에게 저항하기 시작하고 있음을 의식하게 되었다. 그의 말에는 가르치려 드는 성향이 너무 많았고, 그가 전적으로 나의 일부분만을 이해한다는 느낌이 들었다.

우리 사이에 다툼이나 시끄러운 장면은 없었다. 불화나 해명하고 청산하는 것조차도 없었다. 내가 사실상 악의 없는 단 한 마디만을 내뱉었는데 그 순간 환상이 산산조각 났다.

그런 일이 일어날 거라는 희미한 예감이 얼마 전부터 나를 짓눌렀다. 그 느낌이 분명해진 것은 어느 일요일 아침 그의 서재에서였다. 우리는 벽난로 앞에 엎드려 있었고, 그는 종교의 비밀 의식과 형태에 대한 의견을 늘어놓고 있었다. 그는 그것에 대해 연구 중이었고 그 종교의 미래 가능성에 열중해 있었다. 그 모든 것이 나에게는 아주 중요한 것이 아니라 이상하고 취사선택적인 것으로 보였다. 거기에는 약간 교육자적인 데가 있었다. 이전 세계들의 폐허를 지루하게 뒤지고 다니는 것처럼 들렸다. 나는 문득 그의 모든 방식, 이러한 신화 숭배, 전해 들은 신앙 형식들의 조각을 맞추는 이 놀이에 거부감을 느꼈다.

"피스토리우스" 내가 갑자기 말했다. 둘 다 깜짝 놀라고 나 스스로도 섬뜩할 정도로 악의가 담겨 있었다. "언제든 다시 당신의 꿈 이야기를 제게 들려 주셔야겠어요. 당신이 밤에 꾸었던 진짜 꿈 이야기 말이에요. 당신이 지금 하는 말들은 모두 너무나, 너무나 빌어먹게 골동품 냄새가 나네요."

내가 그런 식으로 말하는 것을 그는 한 번도 들어본 적이 없었다. 동시에 나는 내가 그에게 쏘아 그의 심장을 맞춘 화살이 그 자신의 무기고에서 나온 것임을 수치와 경악을 느끼며 깨달았다. 그가 이따금씩 반냉소적으로 자기 자신에 대해 내뱉던 자책하는 말들을 내가 이제 그에게 다시 던졌던 것이다.

그는 바로 입을 다물었다. 나는 마음속에 두려움을 느끼며 그를 바라보았다. 그의 얼굴이 몹시 창백해진 것이 보였다.

길고 무거운 침묵이 흐른 후 새 장작을 불에 얹으며 그가 조용한 목소리로 말했다. "자네 말이 맞아, 싱클레어. 자네는 영리한 친구야. 앞으로는 자네에게 골동품은 내놓지 않겠네." 그는 아주 침착하게 말했지만 그가 상처받았다는 것은 너무나 분명했다. 내가 무슨 짓을 한 거지?

그를 격려하는 무슨 말이든 하고 싶었다. 그의 용서를 빌고, 그에게 내 사랑과 깊은 감사를 확인시켜 주고 싶었다. 감동적인 말들이 떠올랐지만 입 밖에 낼 수 없었다. 나는 아무 말도 하지 않은 채 불을 뚫어지게 쳐다보며 거기에 그냥 엎드려 있었다. 그 역시 아무 말도 없었다. 그렇게 우리는 엎드려 있었고 불은 사라졌다. 불꽃이 꺼져 갈 때마다 아름답고 친밀한 무엇이 돌이킬 수 없게 사그라져 덧없이 사라지는 것을 느꼈다.

"제 말을 오해하셨을까 봐 두렵습니다." 마침내 내가 부자연스럽고 건조한 목소리로 말했다. 잡지 연재물을 읽는 것처럼 어리석고 의미 없는 말들이 내 입에서 기계적으로 흘러나왔다.

"나는 제대로 이해했네." 피스토리우스가 나직이 말했다. "자네 말이 옳아." 나는 기다렸다. 그러자 그가 천천히 이어 말했다. "한 인간이 다른 인간에 대해 옳을 수 있는 그만큼 말일세."

아니, 아니에요! 내가 틀렸어요. 내 안의 목소리가 소리쳤다. 그러나 아무 말도 할 수 없었다. 겨우 몇 마디 말로 내가 그의 본질적인 약점과 그의 고통과 상처를 지적하였다는 것을 나는 알고 있었다. 그가 자기 자신을 가장 불신하는 지점을 내가 건드렸던 것이다. 그의 이상에서는 '골동품 냄새가 났다.' 그는 과거에 사는 구도자였다. 그는 낭만주의자였다. 그리고 문득 나는 마음 깊이 깨달았다. 피스토리우스가 나에게 되어 주고 나에게 준 것은 정확히 그가 자기 자신에게 되어 주지 못하고 주지 못한 것이었음을. 그는 안내자인 자신도 넘어서지 못하고 뒤에 남겨 두었던 길로 나를 이끌었던 것이다.

어떻게 그런 말을 하게 되었는지는 신만이 안다. 나는 전혀 나쁜 뜻으로 그런 것이 아니었고 파국을 초래할 생각도 없었다. 말하는 순간에도 그 결과가 어떠하리라고 의식하지 못했던 무엇인가를 입 밖에 낸 것이다. 나는 약간 위트는 있지만 악의적인 나약한 충동에 굴복했고 그것이 운명이 되었다. 그에게는 심판으로 여겨지는 사소하고 부주의한 만행을 저지른 것이다.

그가 화를 내 줬으면, 자신을 방어하고 나를 호되게 꾸짖었으면 하고 그때 내가 얼마나 간절히 바랐던가! 그는 아무것도 하지 않았다. 그 모든 것을 내 자신이 해야 했다. 그는 할 수만 있었다면 미소 지었으리라. 그가 그럴 수 없다는 것이 내가 그에게 얼마나 깊은 상처를 주었는지에 대한 가장 확실한 증거였다.

그의 건방지고 배은망덕한 제자인 내가 가한 이 타격을 그토록 조용히 받아들임으로써, 입을 다문 채 내가 옳다고 인정함으로써, 내 말을 자신의 운명으로 인정함으로써 그는 내가 나 자신을 미워하게 만들었고 내 경솔함을 더욱 가중시켰다. 공격할 때 나는 내가 잘 무장된 사람을 쳤다고 생각했다. 그런데 그는 항의 한마디 하지 않고 항복하는, 조용하고 저항하지 않으며 무방비한 사람이었다.

오랫동안 우리는 꺼져가는 불 앞에 그대로 엎드려 있었다. 불 속에서 타오르는 모습 하나하나가, 몸부림치며 타들어 가는 나뭇가지 하나하나가 우리의 풍요로웠던 시간들을 떠올렸고, 내가 피스토리우스에게 진 빚에 대한 죄의식을 커지게 했다. 마침내 나는 더 이상 견디지 못하고 일어서서 나왔다. 나는 오랫동안 그의 방문 앞에, 어두운 계단에, 그리고 더 오랫동안 그의 집 밖에 서 있었다. 그가 내 뒤를 따라 나오지 않을까 기다리며. 그러고는 그 자리를 떠나 도심을, 교외를, 공원을, 숲을 저녁까지 몇 시간이고 돌아다녔다. 그렇게 걷는 동안 나는 처음으로 내 이마에 카인의 표지를 느꼈다.

아주 서서히 나는 벌어진 일에 대해 분명하게 생각할 수 있었다. 처음에 내 생각은 자책에 가득 차 피스토리우스를 옹호하는 데 여념이 없었다. 그러나 그 모든 것이 내 의도와는 반대로 되었다. 수천 번이라도 나는 후회하고 내 경솔한 말을 철회할 준비가 되어 있었다. 그러나 그것은 사실이었다. 이제야 나는 피스토리우스를 완전히 이해하게 되었고 그의 모든 꿈을 내 앞에 그려낼 수 있었다. 그 꿈은 사제가 되어 새로운 종교를 선포하고 찬양과 사랑과 숭배의 새로운 형식을 도입하며 새로운 상징들을 세우는 것이었다. 그러나 이것은 그의 힘으로 되지 않는 것이었고 그의 직분도 아니었다. 그는 과거에 너무 애착을 갖고 머물러 있었다. 과거에 대한 그의 지식은 너무 정확했고, 그는 이집트와 인도, 미트라와 아브락사스에 대해 너무 많이 알고 있었다. 그의 사랑은 지구가 이전에 보았던 이미지들에 매여 있었다. 그러면서도 그는 마음속으로 새로운 것은 정말로 새롭고 달라야 한다는 것을, 새로운 땅에서 싹터야 하지 박물관과 도서관에서 길어낼 수는 없다는 것을 알고 있었다. 그의 직분은 어쩌면 나를 이끌었던 것처럼 인간이 그 자신에게 이르도록 이끄는 것이었으리라. 그들에게 전례 없는 전혀 새로운 것, 새로운 신들을 제시하는 것은 그의 일이 아니었다.

이때 날카로운 자각이 내 안에서 타올랐다. 누구에게나 '직분'이 있지만 누구도 자신이 원하는 대로 그 직분을 선택하거나 규정하거나 수행할 수는 없다. 새로운 신들을 바라는 것은 잘못된 것이다. 세계에 뭔가를 제공하고 싶어 하는 것은 완전히 잘못된 것이다. 깨우친 인간에게는 오직 한 가지 의무만 있었다. 자기 자신에게 이르는 길을 찾고, 내적인 확신에 다다르며, 자신의 길을 앞으로 더듬어 나가는 것이었다. 그 길이 어디로 이어지든 상관하지 않고. 그 자각이 나를 깊이 흔들었다. 그것은 이번 일을 겪으면서 얻은 결실이었다. 나는 자주 미래의 모습을 가지고 이런저런 추측을 했는데 시인이나 예언자, 화가, 아니면 그 비슷한 무엇으로 나에게 주어진 역할들을 꿈꾸었다.

그 모든 것이 쓸데없는 짓이었다. 나는 시를 쓰기 위해, 설교하기 위해, 혹은 그림을 그리기 위해 존재하는 것이 아니었다. 나나 다른 사람이나 모두 마찬가지였다. 그 모든 것은 부수적인 것이었다. 우리 각자에게는 단 하나의 진정한 소명만이 있었다. 자기 자신에게 이르는 길을 찾는 것. 시인이나 미친 사람, 예언자나 범죄자가 될 수도 있다. 그러나 그것은 우리가 신경 쓸 일이 아니었다. 궁극적으로는 중요하지 않았다. 우리의 임무는 임의적으로 정한 운명이 아니라 자기 자신만의 운명을 찾아내어 자신 안에서 그 운명을 온전하게 결연히 살아내는 것이었다. 그 밖에 모든 것은 자칭 실존이고, 회피하려는 시도이며, 군중의 이상(理想)으로 뒷걸음질 쳐 달아나는 것이고, 순응이자 자기 성찰에 대한 두려움일 뿐이었다. 수도 없이 힐끔거리며 어쩌면 전에도 자주 입 밖에 내었지만 이제야 처음으로 내가 체험하게 된 새로운 상(像)이 내 앞에 떠올랐다. 나는 자연에게 어쩌면 새로운 목적을 위한, 어쩌면 아무 목적 없는 하나의 실험이었고, 미지의 상태에서 하는 도박이었다. 나의 유일한 과업은 이 승부가 아주 깊숙이 자연스럽게 전개되게 하며 내 안에서 그 의지를 느끼고 완전히 내 것으로 만드는 것이었다. 그것 말고는 아무것도 없었다!

나는 이미 많은 고독을 맛보았지만 그럼에도 불구하고 피할 수 없는 훨씬 더 깊은 고독이 있었다.

피스토리우스와 화해하려는 시도는 하지 않았다. 우리는 여전히 친구였지만 관계는 변했다. 그러나 단 한 번 그것에 대해 이야기하고 지나간 적은 있었다. 사실 피스토리우스 혼자 한 것이기 했지만. 그가 말했다.

"내가 사제가 되고 싶어 한다는 걸 자네도 알 거야. 무엇보다도 자네와 내가 그토록 많이 예감한 새로운 종교의 사제가 되고 싶었지. 나는 결코 그 역할을 맡지 못할 거야. 그걸 아네. 내 자신이 그것을 완전히 인정하지 못하면서도 오래 전부터 알고 있었지. 그래서 그 대신 다른 사제 일을 하려 하네. 어쩌면 오르간으로, 어쩌면 뭔가 다른 방법으로 말일세. 하지만 나는 항상 내가 아름답고 신성하다고 느끼는 것에 둘러싸여 있어야만 해. 오르간 음악과 비밀 의식이든, 상징과 신화든 말이야. 나는 그것들이 필요하고, 그것들을 버릴 수도 없어. 그것이 내 약점이지. 가끔은, 싱클레어, 내가 그런 바람을 가져서도 안 되고, 그것들이 약점이며 사치라는 것도 알아. 만일 내가 내 자신을 무조건적으로 운명의 처분에 맡긴다면 그게 더 고결하겠지. 하지만 난 그렇게 못하네. 난 그렇게 할 수 없어. 어쩌면 자네는 언젠가 그렇게 할 수 있을 거야. 그건 어려운 일이지. 그건 세상에서 유일하게 정말로 어려운 일이네. 난 그렇게 하는 꿈을 자주 꾸었어. 하지만 난 할 수 없어. 그 생각은 나를 정말 두렵게 해. 난 완전히 발가벗고 혼자 설 수 없어. 나 역시 온기와 음식과 이따금씩 동료 인간의 위안을 필요로 하는 가련하고 약한 존재지. 자신의 운명 외에는 아무것도 추구하지 않는 자에게는 더 이상 동지가 없지. 완전히 홀로 서 있지. 그의 주위에는 차가운 우주 공간만이 있을 뿐이야. 자네도 알겠지만 그게 바로 겟세마네 동산의 예수라네. 십자가에 기꺼이 못 박히는 순교자들이 있었지. 하지만 그들도 영웅은 아니었어. 자유롭지도 않았고. 그들도 자신들이 좋아하게 되고 익숙해진 뭔가를 원했거든. 그들은 모범이 있었어. 이상이 있었지. 하지만 자신의 운명만을 쫓는 자는 모범도, 이상도 없어. 소중한 것도, 위로가 되는 것도 없지! 그리고 사실 이것이 따라야 하는 길이라네. 자네와 나 같은 사람들은 정말로 아주 외롭지만 우리에겐 아직 서로가 있고 우리는 다르다는, 거역한다는, 비범한 것을 바란다는 남모르는 만족감이 있지. 하지만 그것도 버려야 해. 만일 자네가 끝까지 가 보고 싶다면 말이야. 혁명가가 되려 해서도, 전범이 되려 해서도, 순교자가 되려 해서도 안 돼. 상상할 수도 없겠지만."

그렇다. 상상할 수도 없었다. 그러나 꿈꾸고 예상하고 느낄 수는 있었다. 절대적으로 고요한 시간 속에 있을 때 나는 그것을 몇 번인가 맛보았다. 그럴 때면 내 마음속을 응시하며 내 운명의 영상과 마주 보았다. 그것의 두 눈은 지혜로 가득 찬 것 같기도 하고, 광기로 가득 찬 것 같기도 했으며, 사랑이나 깊은 적의를 발산하는 것 같기도 했다. 아무래도 좋았다. 그중 어느 것도 선택하거나 바랄 수 없었다. 내 자신, 내 운명만을 바랄 수 있었다. 여기까지는 피스토리우스가 내 길잡이였다.

그 무렵 나는 눈 먼 사람처럼 여기저기를 쏘다녔다. 가슴이 터질 것 같았다. 한 걸음 한 걸음이 새로운 위험이었다. 지금까지 내가 지나온 모든 길이 빨려 들어가 사라져 버리는, 깊이를 헤아릴 수 없는 어둠 외에는 내 앞에 아무것도 보이지 않았다. 그리고 내 안에서 나는 스승의 모습을 보았다. 데미안을 닮았으며, 눈에 내 운명이 적혀 있었다.

나는 종이에 적었다. "안내자가 나를 떠났어. 나는 어둠에 휩싸여 있어. 혼자서는 한 발자국도 내딛을 수 없어. 도와줘."

나는 그것을 데미안에게 보내고 싶었지만 그러지 않았다. 보내고 싶은 마음이 들 때마다 그것이 어리석고 무분별해 보였던 것이다. 그러나 짧은 기도문을 암기하고 있어서 속으로 자주 암송했다. 하루 매 순간 나는 기도했다. 나는 그것을 이해하기 시작했다.

내 학창 시절이 끝났다. 나는 방학 동안 여행을 한 다음 대학에 들어갈 예정이었다. 아버지의 생각이었다. 하지만 나는 무엇을 전공해야 할지 몰랐다. 한 학기 동안 철학을 공부하겠다는 내 바람이 받아들여졌다. 다른 과목이었더라도 마찬가지였을 것이다.

7장
에바 부인

    방학 중에 한 번, 데미안이 몇 년 전 어머니와 살았던 집에 가 보았다. 어떤 나이 든 부인이 뜰에서 거닐고 있어 말을 걸었는데 그 집의 주인이었다. 데미안네 가족에 대해 물었다. 그녀는 그들을 기억은 하고 있었지만 그들이 지금 어디 사는지는 몰랐다. 내가 관심 있는 것을 알고 그녀는 나를 집 안으로 데리고 가서 가죽 앨범을 가져오더니 데미안의 어머니 사진을 보여 주었다. 그녀에 대해 기억나는 게 거의 없었지만 작은 사진을 보고 내 심장은 멈췄다. 그것은 내 꿈의 영상이었다! 그녀였다. 키가 크고 어머니의 특성과 엄격함, 열정을 지니고 있고 아들을 닮아 남자 같은 여성이었다. 아름다우면서 매혹적이고, 아름다우면서 접근할 수 없으며, 수호신이자 어머니, 운명이자 연인이었다. 그녀가 틀림없었다!

내 꿈의 영상이 실재한다는 것을 이렇게 알게 된 것이 기적처럼 여겨졌다. 그런 모습의 여성, 내 운명의 얼굴을 한 여성이 있었던 것이다! 그리고 데미안의 어머니였다. 그녀는 어디에 있을까?

그 뒤 곧 나는 여행을 떠났다. 참으로 이상한 여행이었다! 나는 그때그때 떠오르는 생각에 따라 그녀를 찾아다니며 쉬지 않고 이곳저곳을 돌아다녔다. 며칠은 내가 만난 모든 사람들이 그녀의 모습을 떠오르게 하고, 그녀를 반향하고, 그녀와 닮은 것 같아 뒤얽힌 꿈에서처럼 낯선 도시의 거리들로, 기차역들로, 전차 안으로 끌려 들어갔다. 그리고 또 며칠은 내가 그렇게 찾아다니는 것이 부질없다는 생각이 들었다. 그러면 나는 그림을 내 마음속에 불러내려고 노력하면서 공원이나 호텔 정원, 대합실 어딘가에 멍하니 앉아 있었다. 그러나 그것은 부끄러워하며 잘 잡히지 않았다. 나는 잠도 자지 못했다. 기차를 타고 가는 동안 이따금씩 짧은 선잠을 잘 수 있을 뿐이었다. 한번은 취리히에서 한 여자가 나에게 접근했다. 예쁘지만 뻔뻔한 여자였다. 나는 그 여자를 쳐다도 보지 않고 존재하지 않는 사람인 것처럼 지나쳐 걸어갔다. 단 한 시간이라도 다른 여성에게 관심을 보내느니 그 자리에서 죽는 편이 차라리 나았다.

내 운명이 나를 끌어당기고 있음을 느꼈다. 성취가 가까워지고 있음을 느꼈다. 아무것도 할 수 없다는 조바심으로 병이 날 지경이었다. 한번은 기차역에서, 내 생각에 인스부르크에서였던 것 같은데, 그녀를 연상시키는 한 여자가 눈에 들어왔다. 막 떠나려는 기차에 타고 있었다. 나는 며칠 동안 비참함을 느꼈다. 그런데 갑자기 그 모습이 어느 날 밤 꿈속에 나타났다. 굴욕감을 느끼며 잠에서 깬 나는 내 추적의 무익함에 낙담해 다음 기차를 타고 집에 돌아왔다.

몇 주 후 나는 H 시에 있는 대학에 등록했다. 모든 것이 실망스러웠다. 철학사 강의는 대다수 대학생들의 활동과 똑같이 독창적이지 않고 진부했다. 모든 것이 낡은 패턴에 따라 흘러가는 것 같았고, 모든 사람이 하는 게 똑같았다. 소년티 나는 얼굴들에 과장된 쾌활함은 우울할 정도로 텅 비고 기성품처럼 보였다. 그러나 적어도 나는 자유로웠다. 하루 온종일을 나 자신에게 쓸 수 있었고, 도시 성곽 근처에 있는 오래된 집에서 조용하고 평화롭게 살았다. 내 책상 위에는 니체가 몇 권 놓여 있었다. 나는 니체와 함께 살았다. 그의 영혼의 고독을 느꼈고, 가차없이 그를 몰고 갔던 운명을 이해했다. 그와 함께 괴로워했고, 무자비하게 자신의 운명을 따라 간 사람이 있었다는 것에 기뻐했다.

어느 늦은 저녁, 나는 도시를 한가로이 거닐고 있었다. 가을 바람이 불고 있었고 선술집에서 남학생들이 떠들썩하게 노는 소리가 들렸다. 자욱한 담배 연기가 한 무더기의 노래와 함께 열린 창문으로 흘러 나왔다. 노랫소리는 요란하고 율동적이었지만 독창성도 없고 활기 없이 획일적이었다.

나는 어느 길모퉁이에 서서 귀를 기울였다. 체계적으로 예행연습을 거친 젊음의 쾌활함이 두 술집에서 울려 나와 밤에 부딪쳤다. 어딜 가나 거짓 연대가, 어딜 가나 운명의 책임을 벗어던지기가, 따뜻함을 찾아 무리로의 도피가 있었다.

내 뒤에서 남자 둘이 천천히 지나갔다. 나는 그들의 대화를 몇 마디 들었다.

"흑인 부락에 있는 젊은 남자들 모이는 곳이나 여기가 똑같지 않나요?" 그들 중 한 사람이 말했다. "모든 것이, 다시 유행하게 된 문신에 이르기까지 모든 것이 들어맞습니다. 보세요. 이게 젊은 유럽입니다."

타이르는 듯한 그 목소리가 이상하게 귀에 익었다. 나는 어두운 골목길을 그들을 따라 내려갔다. 그들 중 한 사람은 키가 작고 기품 있는 일본인이었다. 가로등 아래에서 일본인의 미소 띤 노란 얼굴이 빛나는 것이 보였다.

이제 다른 사람이 다시 말하기 시작했다.

"당신네 나라 일본도 상황은 좋지 않겠지요. 패거리를 따르지 않는 사람은 어디든 드물죠. 여기에도 조금 있을 뿐입니다."

나는 한 마디 한 마디에서 놀라움과 기쁨을 느꼈다. 말하고 있는 그 사람은 내가 아는 사람이었다. 그것은 데미안이었다. 나는 구불구불하게 휘어진 거리를 지나 그와 일본인의 뒤를 따라가며, 그들의 대화에 귀를 기울이며 데미안의 목소리의 울림을 즐겼다. 거기에는 여전히 귀에 익은 울림이 있었다. 예전과 똑같은 아름다운 확신과 차분함이 나를 지배했다. 이제 모든 것이 잘됐다. 내가 그를 찾아냈다.

교외에 있는 어느 거리 끝에서 일본인이 작별 인사를 하고 현관문을 열었다. 데미안은 걸어온 길을 되돌아왔다. 나는 걸음을 멈추고 거리 한가운데에서 그를 기다렸다. 고무 재질의 갈색 레인 코트를 입고 꼿꼿하게 탄력 있는 걸음걸이로 그가 다가오는 것을 보고 있자니 가슴이 마구 뛰었다. 그는 몇 걸음 떨어진 내 앞에서 걸음을 멈출 때까지 흐트러짐 없는 속도로 가까이 다가왔다. 그러더니 모자를 벗어 결연한 입과 특유의 밝고 넓은 이마가 있는 예의 그 환한 얼굴을 드러냈다.

"데미안" 내가 소리쳐 불렀다.

그가 손을 내밀었다.

"그러니까, 너로구나, 싱클레어! 기다리고 있었어."

"내가 여기에 있다는 걸 알았단 말이야?"

"정확하게는 몰랐지만 네가 있기를 확신을 가지고 바랐지. 오늘 저녁까지만 해도 너를 보지 못했지만 말이야. 우리를 꽤 오래 따라왔지."

"나라는 걸 금방 알았어?"

"물론이지. 네가 좀 변하기는 했지만 너에겐 표지가 있잖아."

"표지. 어떤 표지를 말하는 거지?"

"우리는 전에 카인의 표지라고 불렀었지. 아직 기억할 수 있다면 말이야. 그건 우리들의 표지야. 넌 언제나 그걸 가지고 있었어. 그래서 내가 네 친구가 된 거고. 그런데 지금은 그게 더 뚜렷해졌네."

"난 몰랐어. 아니 사실은 알고 있었어. 한번은 네 그림을 그렸는데 그것이 나 자신과도 닮아서 놀랐어. 그것이 그 표지였을까?"

"그게 그 표지였어. 네가 여기 있으니 좋구나. 우리 어머니도 기뻐하실 거야."

나는 깜짝 놀랐다.

"너희 어머니? 어머니도 여기 계셔? 하지만 너희 어머니는 날 모르시잖아."

"어머니는 너에 대해 아셔. 네가 누구인지 내가 말한 적은 없지만 너를 알고 계실 거야. 우리는 오랫동안 너에 대해 아무 소식도 듣지 못했어."

"자주 편지를 쓰고 싶었지만 소용없었어. 곧 너를 찾아낼 거라는 것을 얼마 전부터 알고 있었어. 날마다 기다렸어."

그는 내 팔짱을 끼고 나와 나란히 걸었다. 그를 둘러싼 차분한 기운이 나에게도 영향을 미쳤다. 우리는 곧 예전처럼 이야기를 나누었다. 우리의 생각은 우리가 함께 학교 다닐 때와 견진성사 수업, 방학 중의 마지막 불행한 만남으로까지 거슬러 올라갔다. 다만 우리 사이의 가장 긴밀한 최초의 끈인 프란츠 크로머에 대해서만은 언급하지 않았다.

어느 순간 우리는 많은 불길한 화제들을 건드리며 이상한 대화의 한가운데로 빠져들었다. 데미안이 일본인과 나누었던 대화에서 멈추었던 부분을 들으며, 우리는 대다수 대학생들의 생활에 대해 이야기했고 그러고 나서는 그 밖의 다른 것으로, 동떨어져 보이는 것으로 옮겨 갔다. 그러나 데미안의 말 속에서 그것들은 긴밀하게 연결되었다.

그는 유럽의 정신과 시대의 징후에 대해 이야기했다. 어디서나 패거리 본능이 기세를 떨치는 걸 목격할 수 있고, 어디에도 자유와 사랑은 없다고 그가 말했다. 대학생 동호회에서부터 합창단,

국가에 이르기까지 이 모든 거짓 연대는 필연적인 발전 단계로 두려움과 공포, 당황에서 비롯된 공동체지만 안에서부터 썩고 낡아서 무너지기 일보 직전이라는 것이었다.

"진짜 연대란," 데미안이 말했다. "멋진 것이지. 하지만 지금 도처에서 조장되고 있는 것은 그런 연대가 아니야. 그 진짜 정신은 분리된 개개인이 서로에 대해 알게 되는 것에서 비롯되어 한동안 세계를 바꿔 놓을 거야. 오늘날의 공동체 의식은 패거리 본능의 발현일 뿐이야. 사람들은 서로의 품으로 달아나고 있어. 서로가 두렵기 때문이지. 가진 자들은 가진 자들끼리, 노동자들은 노동자들끼리, 학자들은 학자들끼리! 그런데 그들은 왜 두려운 걸까? 자기 자신과 하나가 되지 못하니까 두려운 거지. 한 번도 자기 자신을 깨끗이 인정한 적이 없기 때문에 두려운 거야. 사회 전체가 자기 안에 있는 미지의 것을 두려워하는 사람들로 이루어져 있어! 그들 모두 자신들의 삶의 규칙이 더 이상 맞지 않는다는 것을, 자신들이 케케묵은 법에 따라 살고 있음을 알고 있어. 그들의 종교도, 그들의 도덕도 현재의 필요에 전혀 맞지 않지. 백 년 넘게 유럽은 아무것도 하지 않고 연구하고 공장이나 지었지! 그들은 한 사람을 죽이는 데 몇 온스의 화약이 드는지 정확하게 알고 있지만 신에게 기도하는 법은 몰라. 만족스러운 한 시간을 보내기 위해 어떻게 유쾌하게 보내는지조차 모르는걸. 대학생들 술집을 한번 봐! 아니면 부자들이 모이는 유흥지를 봐. 절망적이지. 이봐, 싱클레어, 이런 모든 것에서는 좋은 것이 나올 수 없어. 두려움에 저렇게 뭉쳐 있는 사람들은 공포와 악의로 가득 차 있지. 누구도 다른 사람을 신뢰하지 않아. 그들은 더 이상 이상이 아닌 이상을 갈망하지만 새로운 이상을 세우는 사람은 죽어라고 덤벼들 거야. 조만간 충돌이 있을 것임을 느낄 수 있어. 곧 있을 거야. 날 믿어. 물론 그것이 세계를 '개선'하지는 못하겠지. 노동자들이 공장주들을 죽이든, 독일이 러시아와 전쟁을 벌이든 소유만 바뀌겠지. 하지만 아주 헛되지는 않을 거야. 오늘날의 이상이 무너졌다는 것을 보여줄 테니까. 석기시대의 신들을 쓸어버리겠지. 지금 이대로의 세계는 죽음과 소멸을 바라고 있어. 그리고 그렇게 되겠지."

"그럼 그 충돌이 일어나는 동안 우리는 어떻게 될까?"

"우리? 아, 아마 우리도 그 속에서 소멸되겠지. 우리 같은 사람들도 총에 맞을 수 있으니까. 다만 우리는 그렇게 쉽게 사라지지 않아. 우리에게서 남은 것들 주위로, 우리 중 살아남은 사람들 주위로 미래의 의지가 모이겠지. 우리 유럽이 기술에 미쳐서 한동안 소리소리 질러대는 통에 들리지 않았던 인류의 의지가 다시 주목받을 거야. 그리고 나면 인류의 의지가 아무데서도 오늘날의 사회들, 국가들, 사람들, 협회들, 교회들의 의지와 같지 않으며 같았던 적도 없었다는 것이 분명해지겠지. 아니, 자연이 인간에게 원하는 것은 개별적인 인간 안에, 네 안에, 내 안에 지워지지 않게 쓰여 있어. 예수 안에, 니체 안에 쓰여 있지. 일단 현재의 사회들이 붕괴되고 나면 이러한 경향들이—유일하게 중요한 것들이고 물론 날마다 다른 형태를 취할 수도 있지만—숨쉴 공간이 생기겠지.

강가에 있는 어느 정원 앞에 우리가 멈추었을 때는 시간이 늦어 있었다.

"우린 여기 살아." 데미안이 말했다. "곧 방문해 줘. 우린 줄곧 너를 기다렸거든."

나는 들뜬 기분으로 이제 쌀쌀해진 밤을 뚫고 먼 거리를 걸어 집에 왔다. 대학생들이 여기저기서 시끄럽게 휘청거리며 숙소로 돌아가고 있었다. 나는 자주 때로는 경멸하고 때로는 박탈감을 느끼며 그들의 어처구니없을 정도의 쾌활함과 나의 고독한 생활 사이의 차이에 주목했었다. 그러나 오늘에서야 그것이 나에게 얼마나 대수롭지 않은지, 이 세계가 나와 얼마나 동떨어져 있고 죽은 것인지 평온함과 내밀한 힘으로 느꼈다. 내 고향 도시의 관리들이 떠올랐다. 천국의 기념품이라도 되는 것처럼 술에 취해 있던 대학 시절의 추억에 매달려, 시인이나 다른 낭만주의자들이 어린 시절에 대해 그렇듯이 '사라져 버린' 학창 시절에 대한 숭배를 만들어 내는 지체 높은 노신사들을 떠올렸다. 어디서나 똑같았다! 어디서나 그들은 현재의 책임과 미래의 노정에 대한 순전한 두려움으로 과거에서 '자유'와 '행운'을 찾았다. 그들은 몇 년 동안 술 퍼마시며 흥청거리다가, 슬그머니 기어들어 가 공직에 근무하는 근엄한 신사가 되었다. 그렇다, 우리 사회는 썩어 있었다. 대학생들의 이런 어리석음은 수백 가지의 다른 어리석음에 비하면 그렇게 멍청한 것도, 그렇게 나쁜 것도 아니었다.

멀리 떨어진 내 집에 도착해 잠자리에 들었을 때는 이 모든 생각들은 사라지고 나의 온 존재는 이날 하루가 나에게 준 꿩장한 약속에 기대에 부풀어 매달렸다. 내가 원하기만 하면 데미안의 어머니를 만나게 될 것이다. 대학생들이 진탕 마시고 떠들든 말든, 그들의 얼굴에 문신을 새기든 말든 내버려 두라지. 썩어 빠진 세계가 파멸을 기다릴 수도 있지. 내 알 바 아니었다. 나는 한 가지만을 기다리고 있었다. 나의 운명이 새로운 모습을 하고 앞으로 나아가는 것을 보는 것이었다.

나는 아침 늦게까지 깊이 잤다. 새로운 날은 어린 시절 이후 겪어 보지 못한 엄숙한 축제일처럼 밝아 왔다. 나는 잔뜩 동요하고 있었지만 두려움 같은 것은 없었다. 나는 중요한 하루가 나에게 시작되었음을 느꼈고, 나를 둘러싼 변화된 세계가 의미 있고 엄숙하게 기다리고 있는 것을 보았고 경험했다. 조용히 내리는 가을비에도 아름다움과 평온함이 담겨 있었고, 행복하고 성스러운 음악으로 가득 찬 축제의 느낌이 실려 있었다. 처음으로 바깥 세계가 내면의 세계와 완벽하게 조화되었다. 살아 있어서 기뻤다. 어떤 집도, 어떤 상점 진열창도, 어떤 얼굴도 나에게 거슬리지 않았다. 모든 것이 일상의 무미건조하고 단조로운 모습은 전혀 없이 마땅히 그래야 하는 것처럼 훌륭했다. 모든 것이 경건하게 운명을 맞을 채비가 되어 기다리고 있는 자연의 일부였다. 어린 소년이었을 때 크리스마스나 부활절 같은 큰 축제일 아침에 세계가 그렇게 보였었다. 세상이 아직도 그렇게 아름답게 보일 수 있다는 것을 나는 잊고 있었다. 나는 내 자신 안에서 살아가는 것에 익숙했었다. 나는 내가 바깥 세계에 대한 모든 감상을 잃어버렸다고, 그 빛나는 색채들의 상실은 내 유년의 상실과 불가분의 관계라고, 그리고 어떤 의미에서는 영혼의 자유와 성숙에 대한 대가를 이 소중한 광채를 포기하는 것으로 치러야 한다고 체념하고 있었다. 그러나 이제 나는 기쁨에 들떠 이 모든 것이 다만 묻히고 흐려졌다는 것을, 어린 시절의 행복을 포기하고 자유로워진 사람도 세계가 빛나는 것을 보고 아이의 시선이 갖는 그 짜릿한 전율을 맛보는 것이 여전히 가능하다는 것을 알게 되었다.

지난밤 데미안과 작별했었던 도시 외곽에 있는 정원에 내가 다시 찾아가는 순간이 왔다. 젖어 있는 키 큰 나무들 뒤로 밝고 살기 알맞은 작은 집이 숨겨져 있었다. 키 큰 화초들이 유리벽 뒤로 꽃 피어 있었다. 반들거리는 창문 뒤로는 그림과 책장이 있는 어두운 벽이 비쳤다. 현관문은 작고 따뜻한 복도로 곧게 이어져 있었다. 검은 옷에 하얀 앞치마를 두른 말없는 늙은 하녀가 나를 안으로 맞으며 코트를 받아 주었다.

그녀는 복도에 나를 혼자 남겨 두었다. 주위를 둘러보다가 곧바로 나는 내 꿈의 한가운데로 휩쓸려 들어갔다. 짙은 색 목재 벽에 난 문 위 높은 곳에 눈에 익은 그림 하나가 걸려 있었다. 지각(地殼)을 뚫고 나오려고 솟구쳐 있는 황금빛 새매의 머리를 가진 나의 새였다. 깊이 감동 받은 나는 꼼짝 않고 거기 서 있었다. 나는 마치 이 순간에 내가 행하고 겪었던 모든 것이 대답과 성취가 되어 나에게 되돌아온 것처럼 기쁨과 아픔을 느꼈다. 전광석화처럼 수많은 영상들이 내 마음의 눈을 스쳐 지나가는 것이 보였다. 현관문 위에 오래된 문장이 있는 부모님의 집, 그 문장을 그리고 있는 소년 데미안, 나의 적 크로머의 무서운 주문에 걸려든 소년인 나, 조용한 교실 책상에서 꿈속의 새를 그리고 있는 10대의 나,

스스로의 실 가닥에 복잡하게 얽혀 든 영혼, 그리고 모든 것, 지금 이 순간까지의 모든 것이 내 안에서 또다시 울려 퍼지며 나에게 긍정 되고 대답 되고 인정되었다.

눈물이 고인 눈으로 나는 내 그림을 응시하며 내 마음을 읽었다. 그때 내 시선이 아래로 향했다. 새 그림 아래로 열려진 문에 짙은 색 옷을 입은 키 큰 여성이 서 있었다. 그녀였다.

나는 한 마디도 입 밖에 낼 수 없었다. 아들처럼 시간과 나이를 초월해 내면의 힘으로 가득 차 있는 얼굴의 아름다운 여성이 기품 있게 미소 짓고 있었다. 그녀의 시선은 성취였고, 그녀의 인사는 귀향이었다. 나는 조용히 그녀에게 내 두 손을 내밀었다. 그녀는 확고하면서도 따뜻한 손으로 내 두 손을 잡아 주었다.

"당신이 싱클레어군요. 금방 알아봤어요. 어서 오세요!"

그녀의 목소리는 깊고 따뜻했다. 나는 달콤한 술처럼 그녀의 목소리를 음미했다. 그리고 이제 눈을 들어 그녀의 고요한 얼굴과 깊이를 헤아릴 수 없는 검은 눈, 선명하고 도톰한 입술, 표지를 지닌 또렷하고 위엄 있는 이마를 들여다보았다.

"얼마나 기쁜지 모르겠습니다." 나는 이렇게 말하고 그녀의 손에 키스했다. "평생을 길 위에 있다가 이제야 집에 온 것 같습니다."

그녀가 어머니 같은 미소를 지었다.

"집에는 결코 다다르지 못해요." 그녀가 말했다. "하지만 서로에게 끌리는 길들이 만나는 곳에서는 온 세계가 잠깐 집 같죠."

그녀가 말하는 것은 내가 그녀에게 오는 길에 느꼈던 것이었다. 그녀의 목소리와 말은 아들과 닮았으면서도 아주 달랐다. 모든 것이 더 무르익고 더 따뜻하며 더 자명했다. 그러나 막스가 누구에게도 소년의 인상을 주지 않았던 것처럼 그의 어머니도 장성한 아들을 둔 여자처럼은 전혀 보이지 않았다. 그녀의 얼굴과 머리카락은 너무나 젊고 사랑스러웠으며, 그녀의 금빛 피부는 너무나 팽팽하고 매끄러웠고, 그녀의 입은 너무나 생기 넘쳤다. 그녀는 내 꿈속에서보다 훨씬 더 당당하게 내 앞에 서 있었다.

이것은 내 운명이 나에게 자신을 드러낸 새로운 모습이었다. 그 모습은 더 이상 가혹하지도, 나를 고립시키지도 않았으며 생기와 기쁨에 차 있었다! 나는 다짐도, 맹세도 하지 않았다. 나는 목적지에, 길의 제일 높은 지점에 도달한 것이다. 거기서 보는 여정의 다음 단계는 거칠 것 없이 멋져 보였고 약속된 땅으로 이어져 있는 것 같았다. 나에게 무슨 일이 일어나든 상관없이 나는 환희로 가득 찼다. 이 여성이 이 세상에 존재한다는 것이, 내가 그녀의 목소리를 음미할 수 있다는 것이, 그녀와 함께 숨 쉴 수 있다는 것이 가슴 벅찼다. 그녀가 내 어머니가 되든, 내 연인이 되든, 내 여신이 되든 상관없었다. 그녀가 여기 있기만 하다면! 내 길이 그녀의 길에 가깝기만 하다면!

그녀가 내 그림을 가리켰다.

"이 그림을 받았을 때 막스는 그 어느 때보다 기뻐했어요." 그녀가 생각에 잠겨 말했다. "저도 그랬고요. 우리는 당신을 기다리고 있었어요. 그림이 왔을 때 우리는 당신이 우리에게 오고 있는 중이라는 것을 알았죠. 당신이 아직 어린 소년이었을 때, 싱클레어, 제 아들이 어느 날 학교에서 돌아와 제게 말했어요. 이마에 표지를 지니고 있는 소년이 학교에 있어. 그애는 내 친구가 되어야 해. 그게 당신이었어요. 쉽지 않은 시간을 보냈을 거예요. 하지만 우린 당신에 대한 확신이 있었어요. 방학 때 당신은 다시 막스를 만났죠. 당신이 아마 열여섯 살쯤 됐을 때일 거예요. 막스가 저에게 그 얘기를 해 주었어요."

나는 말을 가로막았다. "그가 그 이야기를 당신에게 했다고요? 그때는 제 인생에서 가장 비참했던 시기였어요!"

"맞아요, 막스가 내게 말했죠. '싱클레어는 지금 가장 어려운 시기를 겪고 있어요. 그는 사람들 속으로 도피하려고 해요. 술집에도 다니기 시작했어요. 하지만 잘 안 될 거예요. 그의 표지는 흐릿하긴 해도 아무도 모르게 그를 태우고 있어요.' 그렇지 않나요?"

"맞아요. 정말 그랬어요. 그때 저는 베아트리체를 찾아냈고 결국은 다시 스승을 찾아냈죠. 그의 이름은 피스토리우스였어요. 그때서야 저는 왜 제 소년 시절이 막스와 그토록 긴밀하게 엮여 있었는지, 왜 제가 그로부터 벗어날 수 없었는지 분명히 알게 되었습니다. 어머니, 그때 저는 죽어야겠다는 생각을 자주 했습니다. 그 길은 누구에게나 이렇게 어려운가요?"

그녀가 내 머리를 쓰다듬었다. 그 손길이 산들바람처럼 가볍게 느껴졌다.

"태어나는 건 늘 어려워요. 작은 새가 껍질을 깨고 나오는 게 쉬운 일은 아니란 걸 당신도 알 거예요. 돌이켜 생각해 보고 당신

자신에게 물어보세요. 그 길이 그렇게 어려웠나요? 그 길이 어렵기만 했나요? 아름답기도 하지 않았나요? 더 아름답고 더 쉬운 길을 혹시 알고 있나요?"

나는 고개를 저었다.

"그건 어려웠어요." 나는 잠꼬대처럼 말했다. "꿈이 올 때까지는 힘들었어요."

그녀는 고개를 끄덕이고는 나를 뚫어지게 쳐다보았다.

"맞아요, 당신은 당신의 꿈을 찾아야 해요. 그러면 길이 쉬워지죠. 하지만 영원히 지속되는 꿈은 없어요. 모든 꿈은 다른 꿈으로 이어지죠. 특정한 어떤 꿈에 매달려서는 안 돼요."

나는 깜짝 놀랐고 두려웠다. 저것은 경고일까, 방어일까, 이렇게나 벌써? 그러나 상관없었다. 나는 그녀의 인도를 따르고 목적지에 대해 묻지 않을 준비가 되어 있었다.

"모르겠습니다." 내가 말했다. "제 꿈이 얼마나 오래 지속될지. 영원히 지속될 수 있기를 바랍니다. 제 운명은 새 그림 아래서 애인처럼 연인처럼 저를 받아주었습니다. 저는 다른 누구에게도 아닌 제 운명에 속해 있습니다."

"그 꿈이 당신의 운명인 이상 당신은 그 꿈에 충실해야 해요." 그녀가 진지한 어조로 확인시켜 주었다.

나는 슬픔과 지금 이 황홀한 순간에 죽고 싶다는 갈망에 사로잡혔다. 눈물이? 마지막으로 울어 본 게 얼마나 까마득한 일이던가? 걷잡을 수 없이 눈에서 솟구쳐 나를 압도할 것 같은 느낌이었다. 나는 갑자기 그녀로부터 몸을 돌려 창가로 가서 흐릿해진 눈으로 먼 곳을 바라보았다.

뒤에서 그녀의 목소리가 들렸다. 침착하고 넘치도록 술이 채워진 잔처럼 부드러움이 넘쳤다.

"싱클레어, 어린아이군요! 당신의 운명은 당신을 사랑해요. 언젠가 그것은 완전히 당신의 것이 될 거예요. 당신이 꿈꾼 대로, 당신만 변함없으면."

나는 스스로를 추스르고 다시 그녀에게 몸을 돌렸다. 그녀가 나에게 손을 내밀었다.

"저에겐 친구가 몇 명 있어요." 그녀가 웃으며 말했다. "저를 에바 부인이라고 부르는 아주 가까운 친구가 몇 있죠. 원한다면 당신도 그렇게 해요."

그녀는 나를 문으로 데리고 가서는 문을 열고 정원을 가리켰다. "저기 바깥에서 데미안을 찾을 수 있을 거예요."

나는 키 큰 나무들 아래에 멍하니 동요되어 서 있었다. 일찍이 그 어느 때보다 더 깨어 있는 건지 꿈꾸고 있는 건지 알 수 없었다. 나뭇가지에서 빗방울이 조용히 떨어졌다. 나는 천천히 정원으로 걸어갔다. 정원은 강을 따라 길게 뻗어 있었다. 마침내 데미안을 찾았다. 그는 활짝 열려 있는 여름 별채에서 웃통을 벗고 매달려 있는 샌드백을 주먹으로 치고 있었다.

나는 놀라서 걸음을 멈추었다. 데미안이 놀랄만큼 잘생겨 보였던 것이다. 넓은 가슴과 단호하고 남자다운 용모를 하고 탄탄한 극육질의 팔을 강하고 능숙하게 쳐들고는 엉덩이, 어깨, 허리에서부터 장난스럽고 부드럽게 튀어오르듯 움직이고 있었다.

"데미안" 내가 그를 불렀다. "거기서 뭐 해?"

그가 즐겁게 웃었다.

"연습. 그 일본인과 권투 시합을 하기로 했거든. 그 조그만 친구는 고양이처럼 날쌘데다 영민하기까지 해. 하지만 날 이기지는 못할 거야. 그에게 갚아 줘야 할 아주 사소한 굴욕이 있어."

그가 셔츠와 코트를 입었다.

"우리 어머니는 만났니?" 그가 물었다.

"응, 데미안, 정말 근사한 어머니를 두었더군! 에바 부인이시라고! 이름이 완벽하게 어울리시더라. 만물의 어머니 같으셔."

그는 잠시 생각에 잠겨 내 얼굴을 쳐다보았다.

"그 이름을 벌써 아는구나? 넌 스스로를 자랑스러워해도 되겠다. 어머니가 처음 만났을 때 그 이름을 말해 준 건 네가 처음이거든."

그날부터 나는 아들이나 형제처럼, 그러나 또한 사랑에 빠진 사람처럼 그 집을 드나들었다. 대문을 열자마자, 정원의 키 큰 나무들이 눈에 들어오자마자 나는 벌써 행복과 풍요로움을 느꼈다. 바깥에는 현실이 있었다. 거리와 집들, 사람들과 단체들, 도서관과 강의실들이 있었다. 그러나 여기 안에는 사랑이 있었다. 여기에는 전설과 꿈이 살고 있었다. 그렇다고 해서 우리가 바깥 세계와 단절되어 사는 것은 결코 아니었다. 생각과 대화 속에서 우리는 자주 바깥 세계의 한가운데에, 다만 전혀 다른 차원에 살았다. 우리는 대다수의 사람들로부터 경계선에 의해서가 아니라 다르게 보는 방식에 의해서만 분리되어 있었다. 우리의 과제는 세계 안에 하나의 섬을, 어쩌면 하나의 원형을, 아니면 최소한 다른 삶의 방식에 대한 전망을 제시하는 것이었다. 그토록 오랫동안 고립되어 있었던 나는 완전한 고독을 맛본 사람들 사이에서 가능한 동지애에 대해 알게 되었다. 나는 두 번 다시 운 좋은 사람들의 식탁과 축복 받은 사람들의 연회를 동경하지 않았다. 두 번 다시 다른 사람들이 모여서 즐거워하는 것을 보고 질투나 향수에 휩싸이지도 않았다. 그리고 차츰 얼굴에 표지를 지닌 사람들의 비밀을 전수받았다.

표지를 지닌 우리는 당연히 세상에 '이상하게' 비칠지도 몰랐다. 그렇다, 미쳤고 위험하다고 여겨질지도 몰랐다. 우리는 깨달았거나 깨달아가는 과정에 있었다. 우리의 노력은 깨달음의 더욱 더 완벽한 상태를 성취하는 것에 향해 있었다. 한편 다른 사람들의 노력은 자신들의 의견, 이상, 의무, 삶, 행복을 패거리와 더욱 더 긴밀하게 결속시키는 것을 목적으로 한 추구였다. 그곳에도 노력이 있었고, 그곳에도 힘과 위대함이 있었다. 그러나 표지를 지닌 우리는 우리가 새로운 것에, 미래의 개별주의에 자연의 의지를 제시하고 있다고 생각하는 반면, 다른 사람들은 현 상태를 영속시키려고 했다. 인류란—우리처럼 그들도 사랑하는—그들에게는 유지되고 보존되어야 하는 완성된 것이었다. 우리에게 인류란 모든 인간이 향해 가고, 누구도 그 모습을 모르며, 그 법칙이 어디에도 쓰여 있지 않은 먼 목표였다.

에바 부인, 막스, 그리고 나 외에도 다른 다양한 구도자들이 멀게든 가깝게든 그 모임에 속해 있었다. 상당수가 극히 개인적인 길을 갔는데 아주 독특한 목표를 정해 놓고 구체적인 방안과 의무에 매달렸다. 그들 중에는 점성술사들과 카발라 연구가들, 그리고 톨스토이 추종자도 한 사람 있었으며, 온갖 종류의 섬세하고, 숫기 없고, 유약한 사람들, 새로운 종파의 추종자들, 인도의 금욕주의 신봉자들, 채식주의자들 등이 있었다. 우리는 사실 각자가 다른 사람의 이상에 대해 인정해 주는 존중 말고는 공통된 아무런 정신적 유대도 없었다. 우리가 가까이 지낸 사람들은 인류가 과거에 신과 이상을 쫓던 것에 관심을 가졌다. 그들의 연구는 자주 피스토리우스를 떠오르게 했다. 그들은 책을 가져와 고대 언어로 써 있는 본문을 번역해서 소리내어 읽어 주었고, 고대의 상징과 의식들의 도면을 보여 주었으며, 이상에 있어서 지금까지 인류가 비축해 온 것 모두가 무의식에서 나온 꿈들로, 그 가운데서 인류가 미래의 가능성의 예감을 모색했던 꿈들로 어떻게 이루어져 있는지 가르쳐 주었다. 이렇게 해서 우리는 선사시대부터 기독교 개종의 여명기까지 신들의 수천 개의 머리가 아름답게 엉켜 있는 것을 알게 되었다. 우리는 고독한 성자들의 교리와 종교가 민족에서 민족으로 이동하면서 겪게 되는 변형에 대해 들었다. 이렇게 수집한 모든 것에서 우리는 우리 시대와 당대의 유럽에 대해 비판적인 견해를 갖게 되었다. 엄청난 노력으로 인류의 강력한 신형 무기가 만들어졌지만 결말은 정신의 명백하고 심각한 황폐화였다. 유럽은 전 세계를 정복해 놓고는 자신의 영혼을 잃어버린 것이다.

우리 모임에도 특정한 희망과 치유의 신앙을 믿는 지지자들과 신봉자들이 있었다. 유럽을 개종하고자 하는 불교도들, 악에 대해

무저항을 역설하는 톨스토이 추종자, 그 밖에 다른 많은 종파들도 있었다. 모임의 핵심에 있던 우리는 귀 기울여 듣기는 했지만 이러한 가르침들 중 어느 것도 다만 은유로만 받아들였다. 표지를 지닌 우리는 미래가 취하게 될 형태에 대해서는 전혀 걱정하지 않았다. 이러한 신앙과 가르침들 모두 우리에게는 이미 죽어 있고 쓸모없는 것으로 보였다. 우리가 인정하는 의무와 운명은 단 하나였다. 우리들 각자가 완전히 자기 자신이 되어 자연이 그 사람에게 심어 놓은 능동적인 씨앗에 완전히 충실하고, 그 씨앗의 성장을 이뤄 내어 우리가 모르는 어떤 것이 닥쳐와도 놀라지 않을 수 있게 되는 것이었다.

말로는 표현할 수 없었을지라도 우리 모두는 지금의 이 세계가 붕괴되는 가운데 새로운 탄생이 임박했으며 이미 나타나고 있음을 분명하게 느꼈다. 데미안은 나에게 자주 말했다. "앞으로 다가올 것은 상상을 초월하는 것이야. 유럽의 영혼은 엄청나게 오랫동안 족쇄에 묶여 있던 짐승이야. 그게 풀려나면 처음에는 그다지 온순하지 않을 거야. 하지만 그렇게 오랫동안 거듭 성장이 저해되고 마비되었던 영혼에게 정말 필요한 것이 밝혀지기만 한다면 방법은 중요하지 않아. 그때면 우리의 날이 올 거야. 그럼 우리가 필요하겠지. 지도자나 입법자로서가 아니라—우리는 새로운 법을 보지 못할 거야—의지가 있는 사람들로서, 앞으로 나아갈 준비가 되어 있고 운명이 우리를 필요로 하는 곳이라면 어디든 준비되어 있는 사람들로서. 봐, 사람은 누구나 자신의 이상이 위협 받으면 믿을 수 없는 일도 해낼 준비가 되어 있어. 하지만 새로운 이상,

새로우면서도 어쩌면 위험하고 불길할 수도 있는 동력이 겉으로 드러날 때에는 아무도 준비되어 있지 않지. 그때 준비되어 있고 앞으로 나아갈 얼마 안 되는 사람들이 우리들일 거야. 그래서 우리에게 표지가 찍힌 거야, 카인처럼. 두려움과 미움을 불러일으키고, 갇혀 있던 전원생활에서 좀 더 위험한 곳으로 사람들을 몰아가기 위해. 인간의 역사에서 영향력을 미쳤던 사람들은 모두 예외 없이 기필코 와야 하는 것을 받아들일 준비가 되어 있었기 때문에 능력을 발휘하고 영향을 미칠 수 있었어. 모세와 부처가 그랬고, 나폴레옹과 비스마르크가 그랬지. 어느 쪽 흐름에 봉사하고, 어느 극(極)의 지휘를 받을 것이냐는 우리 자신이 선택할 수 없는 문제야. 만약 비스마르크가 사회민주당을 이해하고 그들과 타협했더라면 상황 판단은 빨랐을지는 몰라도 운명의 인간은 되지 못했을 거야. 나폴레옹, 시저, 로욜라도 마찬가지지. 사실상 그런 사람들 모두 마찬가지야. 언제나 진화의 측면에서, 역사의 측면에서 이런 것들을 생각해야 해! 지표면의 융기가 바다 생물을 육지로, 육지 생물을 바다로 내던졌을 때 자신들의 운명을 따를 준비가 되어 있었던 다양한 생물 표본들이 새롭고 전혀 예기치 못했던 것을 이뤄낸 장본인들이었지. 생물학적으로 새로 적응함으로써 그들은 파멸로부터 자신들의 종을 구해낼 수 있었어. 우리는 이들이 그들의 동료들 사이에서 보수주의자로서, 현상 유지자들로서, 아니면 괴짜로서, 혁명가로서 뛰어났었던 표본들인지 아닌지는 몰라. 하지만 우리는 그들이 준비되어 있었고 그래서 자신들의 종을 새로운 진화의 단계로 이끌 수 있었다는 것은 알지. 그래서 우리가 준비되어 있고 싶은 거야."

이런 대화를 나눌 때 에바 부인은 자주 함께 있었지만 항상 대화에 끼지는 않았다. 그녀는 신뢰와 이해가 가득한 경청자였으며, 자신의 생각을 설명하는 우리 각자의 메아리였다. 모든 생각이 그녀에게서 나와 결국 그녀에게로 되돌아가는 것 같았다. 나의 행복은 그녀 옆에 앉아 이따금씩 그녀의 목소리를 들으며 그녀를 에워싼 풍요롭고 충만한 공기를 그녀와 함께 나누는 것이었다.

내 마음속에 어떤 변화나 어떤 불행, 어떤 새로운 진전이 생기면 그녀는 즉시 알아챘다. 내가 밤에 꾸는 꿈들은 그녀가 영감을 불어넣어 주는 것처럼 보이기까지 했다. 나는 그녀에게 그 꿈들에 대해 이야기해 주곤 했는데 그녀에게는 그 꿈들이 이해되고 자연스러웠다. 그녀가 이해할 수 없게 꿈이 이례적으로 바뀌는 경우는 없었다. 한동안 내 꿈들은 우리가 낮에 나누었던 대화의 양상을 반복했다. 나는 온 세계가 혼란에 빠진 꿈을, 나 혼자 혹은 데미안과 함께 위대한 순간을 긴장하며 기다리는 꿈을 꾸었다. 운명의 얼굴은 여전히 흐릿했지만 어딘가 에바 부인의 용모를 지니고 있었다. 그녀에게 선택되든 퇴짜 맞든 그것은 운명이었다.

이따금 그녀는 미소를 띠며 말하곤 했다. "당신의 꿈은 완전하지 않아요, 싱클레어. 가장 좋은 것이 빠져 있어요." 그러고 나면 내가 빠뜨린 부분이 떠올랐고 내가 어떻게 그걸 잊어버릴 수 있었는지 이해가 안 됐다.

때때로 나는 내 자신에게 불만을 느끼고 갈망에 시달렸다. 그녀를 내 팔에 안지도 못하면서 그녀 곁에 있는 것은 더 이상 못하겠다고 생각했다. 그녀도 이것을 바로 알아챘다. 한번은 내가 며칠 동안 찾아가지 않다가 마음이 어수선해져서는 다시 가니 그녀는 나를 한쪽으로 데리고 가서 말했다. "당신이 믿지 않는 갈망에 무너지면 안 돼요. 난 당신이 뭘 갈망하는지 알아요. 그렇지만 이 갈망들을 버릴 수 있어야 해요. 아니면 그런 갈망을 갖는 것이 지극히 당연하다고 느끼든지. 일단 갈망이 성취될 거라는 확신이 있어야 요구할 수도 있는 거예요. 그래야 성취하게 되죠. 하지만 지금 당신은 갈망과 포기 사이에서 오락가락하며 줄곧 두려워해요. 그 모든 것을 이겨내야 해요. 이야기 하나를 들려 줄게요"

그리고 그녀는 나에게 별과 사랑에 빠진 어떤 젊은이에 대해 이야기해 주었다. 그는 바다 옆에 서서 팔을 뻗어 별에게 기도하고 별을 꿈꾸고 모든 생각을 별에게 기울였다. 하지만 그는 알았다. 아니 안다고 생각했다. 별은 인간이 껴안을 수 없다는 것을. 그는 성취에 대한 희망도 없이 한 천체를 사랑하는 것이 자신의 운명이라고 여겼다. 이 통찰력으로 그는 포기와, 자신을 개선시키고 정화시키는 고요하고 한결같은 고통에 대한 철학 전체를 세웠다. 그러나 그의 모든 꿈들은 별에 가닿았다. 어느 날 밤 그는 다시 바닷가 높은 절벽에 서서 별을 응시하며 별에 대한 사랑으로 타오르고 있었다. 그리고 갈망이 절정에 달한 순간 그는 별을 향해 허공 속으로 뛰어올랐다. 그러나 뛰어오르자마자 '이건 있을 수 없는 일이야'라는 생각이 또다시 그의 마음을 스치고 지나갔다. 그리고 그는 온몸이 부서진 채 해안에 떨어졌다. 그는 사랑하는 법을 몰랐던 것이다. 만약 뛰어오르는 순간에 자신의 사랑이

이루어지리라는 믿음의 힘이 있었더라면 그는 높이 날아올라 별
과 하나가 되었을 것이다.

"사랑은 애원해서는 안 돼요." 그녀가 덧붙였다. "요구해서도
안 되고요. 사랑은 스스로 확신하는 힘이 있어야 해요. 그러면 사
랑이 단순히 끌려가지 않고 끌어당기기 시작하죠. 싱클레어, 당신
의 사랑은 저에게 끌리고 있어요. 당신의 사랑이 저를 끌어당기기
시작하면 그땐 제가 갈게요. 저는 제 자신을 선물로 주지는 않을
거예요. 저는 획득되어야 해요."

다음에 그녀는 다른 이야기를 들려주었다. 짝사랑하는 한 남
자에 대한 이야기였다. 그는 사랑이 자신을 소진시키리라 믿으며
자기 안으로 완전히 침잠해 들어갔다. 그에게 세상이 사라지게 되
었다. 그는 파란 하늘도, 푸른 숲도 더는 보지 못했고, 개울물이
흐르는 소리도 더는 듣지 못했다. 그의 귀에는 하프의 선율도 들
리지 않게 되었다. 더 이상 아무것도 중요하지 않았다. 그는 가엾
고 비참해졌다. 그런데도 그의 사랑은 커져만 갔고 이 아름다운
여성을 소유하지 못하느니 차라리 죽든지 파멸해 버렸으면 했다.
그때 그는 자신의 뜨거운 사랑이 자신 안에 있는 다른 모든 것을
소진시켰음을 느꼈다. 사랑이 너무나 강해지고 끌어당기는 힘도
강해져서 그 아름다운 여인도 따라올 수밖에 없었다. 그녀가 그에
게 다가왔다. 그는 두 팔을 활짝 벌려 그녀를 끌어안을 준비가 되
어 서 있었다. 그녀가 그 앞에 섰을 때 그녀는 완전히 달라져 있었
다. 그는 이전에 잃어버렸던 모든 것을 자신이 되찾았음을 두려운
마음으로 느끼고 보았다. 그녀가 그 앞에 서서 그에게 자신을 내

맡겼다. 하늘, 숲, 개울 모두가 그에게 새롭고 눈부신 빛깔로 다가와 그의 것이 되었고 그의 언어로 말했다. 단순히 한 여자를 얻는 대신 그는 온 세계를 껴안은 것이다. 하늘에 있는 모든 별들이 그의 안에서 반짝였고 그의 영혼 속에서 기쁨으로 빛났다. 그는 사랑했고 그러면서 자기 자신을 발견했다. 그러나 대부분의 사람들은 사랑하면서 자기 자신을 잃어버린다.

에바 부인에 대한 내 사랑이 나의 삶 전체를 채우고 있는 것 같았다. 그러나 그것은 날마다 다른 모습으로 나타났다. 때로 나는 내가 끌리고 온 마음으로 갈망하는 사람으로서가 아니라, 나의 내적 자아의 은유로서만, 나를 내 자신 속으로 더 깊이 이끌어 주려는 단 하나의 목적을 지닌 은유로서 그녀가 존재한다고 확신했다. 자주 그녀의 말은 나를 괴롭히는 물음들에 대해 내 무의식이 해 주는 대답처럼 들렸다. 그녀 옆에 앉아 관능적인 욕망에 불타 그녀의 손길이 닿았던 물건들에 입맞춤할 때도 있었다. 그러다 점차 관능적인 사랑과 정신적인 사랑이, 실재와 상징이 겹쳐지기 시작했다. 익숙한 고요함 속에 내 방에서 그녀에 대해 생각할 때면 내 손에 쥔 그녀의 손과 그녀의 입술이 내 입술에 닿는 것이 느껴지기도 했다. 혹은 그녀의 집에서 그녀의 얼굴을 보고 그녀의 목소리를 들으면서도 그녀가 꿈인지 현실인지 알 수 없을 때도 있었다. 나는 어떻게 사랑을 변함없이 영원히 소유할 수 있는지 깨닫기 시작했다. 어떤 책을 읽다가 하나의 인식을 얻게 되었는데 에바 부인의 입맞춤 같은 느낌이었다. 그녀는 내 머리카락을 쓰다듬으며 나에게 애정 어린 미소를 지었고, 이것은 내 안에서 한 걸음 더 앞으로 내딛은 느낌이었다. 나에게 중요하고 운명으로 가득한 모든 것은 그녀의 형태를 띠었다. 그녀는 모습을 바꿔 내 생각 하나하나가 되었고, 내 생각 하나하나는 모습을 바꿔 그녀가 되었다.

나는 부모님 집에서 보내는 크리스마스 휴가가 걱정되었다. 2주 내내 에바 부인과 떨어져 있는 것은 아주 고통스러울 거라고 생각했기 때문이다. 그러나 그렇지 않았다. 집에 있으면서도 그녀를 생각할 수 있다는 것은 근사했다. H 시에 돌아와서도 나는 이틀쯤 더 있다가 그녀를 만나러 갔다. 이 안정과 그녀의 물리적 존재로부터의 이 독립을 즐기기 위해서였다. 나는 그녀와 나의 결합이 새로운 상징적 행위로 완성되는 꿈도 꾸었다. 그녀는 내가 흘러들어 가는 바다였다. 그녀는 별이었고 나는 그녀에게 가고 있는 또다른 별이었다. 우리는 서로의 주위를 맴돌았다. 내가 다시 그녀를 처음 방문했을 때 나는 이 꿈 이야기를 그녀에게 들려주었다.

"그 꿈 아름답네요." 그녀가 조용히 말했다. "그 꿈을 실현시키세요."

이른 봄의 어느 날을 나는 결코 잊을 수 없다. 나는 복도에 들어섰다. 열린 창문으로 공기를 따라 히아신스의 진한 향기가 흘러들었다. 아무도 보이지 않아 나는 이층에 있는 막스 데미안의 서재로 갔다. 가볍게 문을 두드리고 여느 때처럼 대답을 기다리지 않고 안으로 들어갔다.

커튼이 전부 드리워져 있어서 방은 어두웠다. 붙어 있는 작은 방으로 통하는 문이 열려 있었다. 그곳은 막스가 화학 실험실을 갖춰 놓은 방이었다. 거기서 유일하게 빛이 들어오고 있었다. 나는 아무도 없다고 생각하고 커튼 중 하나를 젖혔다.

기이하게 변한 모습으로 막스가 커튼 쳐진 창 옆 의자에 구부정하게 앉아 있는 것이 보였다. 어떤 생각이 번뜩 떠올랐다. 전에도 본 적 있다! 팔은 축 처져 있고, 두 손은 무릎에 올리고, 머리는 약간 앞으로 숙이고, 눈은 뜨고는 있지만 아무것도 보고 있지 않은 채 죽어 있었다. 마치 유리 조각처럼 그의 한쪽 눈동자에 가느다랗고 강한 한 줄기 빛이 깜박거렸다. 창백한 얼굴은 스스로에게 깊이 침잠해 있어서 극도로 경직된 것 말고는 아무 표정도 없었다. 그는 사원 입구에 있는 아주 오래된 동물 가면과 닮아 있었다. 그는 숨을 쉬고 있지 않는 것 같았다.

두려움에 휩싸여 나는 재빨리 방을 떠나 아래층으로 갔다. 복도에서 에바 부인을 만났다. 창백하고 지쳐 보였다. 지금까지 한 번도 보지 못한 모습이었다. 바로 그때 그림자 하나가 창문 위를 스치고 지나갔다. 태양의 눈부신 하얀 빛이 갑자기 사라졌다.

"막스의 방에 다녀왔어요." 내가 낮은 목소리로 얼른 말했다. "무슨 일 있나요? 자고 있거나 자신 속에 몰두해 있는 건데 어느 쪽인지 모르겠어요. 전에도 한 번 저런 모습을 본 적 있어요."

"그애를 깨우지는 않았겠죠?" 그녀가 재빨리 물었다.

"네. 제 소리를 듣지 못했어요. 바로 방을 나왔고요. 말해 주세요. 그에게 무슨 일이 생긴 거죠?"

그녀는 손등으로 이마를 한 번 쓸었다.

"걱정 말아요, 싱클레어. 그애에게는 아무 일도 없을 거예요. 그는 깊이 들어가 있어요. 금방 끝날 거예요."

그녀는 일어나서 비가 내리기 시작했는데도 정원으로 나갔다. 내가 따라오기를 바라지 않는 것 같아서 나는 복도를 왔다 갔다 하며, 히아신스의 어지러운 향내를 들이마시고, 문간 위에 걸려 있는 나의 새 그림을 응시하며, 그날 아침 그 집을 채우고 있던 숨 막히는 공기를 들이마셨다. 그것은 무엇이었을까? 무슨 일이 일어난 걸까?

에바 부인은 금방 돌아왔다. 빗방울이 그녀의 검은 머리에 맺혀 있었다. 그녀는 자신의 안락의자에 앉았다. 지쳐 보였다. 나는 그녀에게 다가가 그녀의 머리 위로 몸을 숙이고 그녀의 머리카락에 붙은 빗방울을 입 맞추어 떼어 냈다. 그녀의 두 눈은 밝고 고요했지만 빗방울에서 눈물 같은 맛이 났다.

"제가 가서 보고 올까요?" 내가 나직이 물었다.

그녀가 힘없이 미소 지었다.

"어린애처럼 굴지 말아요, 싱클레어." 그녀는 자신 안에 있는 주문을 깨뜨리려는 것처럼 큰 소리로 나에게 주의를 주었다. "지금은 갔다가 나중에 다시 오세요. 지금은 당신과 이야기할 수 없어요."

나는 반은 걷고 반은 달리면서 그 집과 도시에서 빠져나와 산으로 향했다. 가는 빗줄기가 내 얼굴을 비스듬히 때리고 두려움에 짓눌린 듯 구름이 낮게 스쳐 지나갔다. 지면 가까운 곳은 바람이 거의 불지 않았는데, 고도가 높은 곳은 폭풍이 휘몰아치는 것 같앚다. 몇 번인가 금속 빛을 띤 회색 구름의 거친 틈 사이로 빨갛게 타오르는 태양이 잠깐씩 비쳤다.

그때 엷은 노란색 구름이 하늘을 가로질러 흘러가다가 회색 구름층에 부딪혔다. 몇 초 후 바람이 불더니 이 노랗고 금속 빛을 띤 회색 구름 덩어리에서 형태 하나가 만들어졌다. 그것은 거대한 새였다. 새는 금속 빛 푸른 혼돈을 뿌리치고 빠져나와 큰 날갯짓으로 하늘 속으로 날아가 버렸다. 그러더니 폭풍 소리가 들렸고 비가 우박에 섞여 함께 후두둑 떨어졌다. 믿을 수 없을 정도로 무시무시한 천둥소리가 비가 휘몰아친 풍경에 짧게 쩍 하고 울렸다. 그 후 곧바로 한 줄기 햇빛이 구름을 뚫고 나타났다. 근처의 산에서는 갈색 숲 너머로 창백한 눈이 하얗게 비현실적으로 빛났다.

몇 시간 뒤 비에 젖고 바람에 헝클어진 모습으로 돌아오니 데미안이 직접 문을 열어 주었다.

그는 자기 방으로 나를 데리고 올라갔다. 그의 실험실에는 가스 버너가 타고 있었고 바닥 여기저기에 종이가 흩어져 있었다. 아무래도 작업을 하고 있었던 것 같았다.

"앉아." 그가 권했다. "피곤하지. 지독한 날씨였어. 밖에서 한참 있었던 모양이네. 금방 차를 내올 거야."

"오늘은 뭔가 이상해." 내가 머뭇거리며 말을 꺼냈다. "단순한 뇌우가 아냐."

그가 탐색하듯 나를 바라보았다.

"뭔가 보았니?"

"응. 구름 속에서 한동안 아주 또렷하게 어떤 모습을 보았어."

"어떤 모습?"

"새였어."

"그 새매? 네 꿈에 나온 새?"

"맞아. 내 새매였어. 노랗고 거대했는데 검푸른 구름 속으로 날아가 버렸지."

데미안이 한숨을 깊이 내쉬었다.

문을 두드리는 소리가 났다. 늙은 하녀가 차를 가져왔다.

"들도록 해, 싱클레어. 나는 네가 그 새를 본 게 단지 우연이라고는 생각하지 않아."

"우연이라고? 그런 걸 우연히 보게 된단 말이야?"

"좋아. 아니지. 그 새는 의미를 지니고 있어. 그게 뭔지 아니?"

"아니. 나는 단지 그것이 엄청나게 충격적인 사건을, 운명적인 변화를 의미한다는 건 알겠어. 우리 모두와 관련되어 있는 것 같아."

그는 흥분해서 왔다 갔다 했다.

"운명적인 변화!" 그가 소리쳤다. "그와 똑같은 것을 나는 어젯밤에 꿈꾸었어. 어머니는 어제 같은 메시지를 전달하는 예감을 느끼셨고. 내가 나무인지 탑인지에 놓인 사다리를 오르는 꿈이었어. 꼭대기에 다다르니 온 풍경이 불길에 휩싸여 있는 게 보였지. 셀 수 없이 많은 도시와 마을들이 있는 광대한 평지가 말이야. 아직은 그 꿈을 다 얘기해 주지 못해. 아직은 모든 것이 좀 분명치 않거든."

"그 꿈이 너와 개인적으로 연관 있다고 생각하는 거야?"

"물론이지. 누구도 '자신과 개인적으로 연관되지' 않는 꿈을 꾸지는 않아. 하지만 그 꿈이 나하고만 연관된 것은 아니야. 그건 네 말이 맞아. 나는 내 영혼 안에서 변화를 나타내는 꿈들과 훨씬 더 드물게 꾸긴 하지만 온 인류의 운명이 암시되는 다른 꿈들을 꽤 날카롭게 구분해. 두 번째 꿈들은 극히 드물게 꾸고, 예언이 성취되었다고 말할 수 있을 만한 꿈은 지금까지 한 번도 꾸지 않았어. 해석들이 너무 모호하지. 하지만 나는 나 한 사람에게만 관련된 것이 아닌 꿈을 꾸었다는 걸 확실히 알아. 이번 꿈은 예전에 꾸었던 다른 꿈들과 연결되어 있거든. 전에 꾸었던 꿈들의 연장 선상에 있지. 내가 너에게 말했던 예감으로 가득 찼던 것은 이 꿈들이었어, 싱클레어. 우리 둘 다 세계가 너무나 썩어 있다는 걸 알아. 하지만 그렇다고 당장 세계가 붕괴하거나 그 비슷하게 된다고 예언할 이유는 못 되지. 그러나 나는 벌써 몇 년 동안 한 낡은 세계의 붕괴가 실제로 임박해 있다고 결론 내려지는 혹은 느껴지는 꿈들을 꾸었어. 처음에는 약하고 먼 예감이었는데 점점 더 강해지고 분명해졌어. 나는 무엇인가가, 나 자신도 휘말릴 뭔가 끔찍한 것이 엄청난 규모로 일어날 거라는 것 말고는 여전히 아는 게 없어. 싱클레어, 우리는 우리가 그토록 자주 이야기했던 이 일에 참여하게 될 거야. 세계가 다시 새로워지려고 해. 죽음의 냄새가 나. 아무것도 먼저 죽지 않고서는 태어날 수 없어. 하지만 그것은 내가 생각했던 것보다 훨씬 더 끔찍해."

나는 놀란 눈으로 그를 빤히 쳐다보았다.

"네 꿈의 나머지 부분도 얘기해 줄 수 없니?" 내가 조심스럽게 물었다.

그는 머리를 저었다.

"안 돼."

문이 열리고 에바 부인이 들어왔다.

"너희들 슬퍼하고 있는 건 아니겠지."

그녀는 기분이 상쾌해진 것 같았다. 피로의 흔적은 모두 사라지고 없었다. 데미안이 그녀에게 미소 지었다. 어머니가 겁먹은 아이들에게 다가가듯 그녀가 우리에게 왔다.

"아니에요. 저희는 슬퍼하고 있지 않아요, 어머니. 단지 이 새로운 징조를 풀어 보려고 했어요. 그런데 어쨌든 소용없는 일이에요. 무슨 일이 일어나든 갑자기 일어날 테니까요. 그러면 우리가 무엇을 알아야 하는지 곧 알게 되겠죠."

그러나 나는 기분이 가라앉아서 작별 인사를 하고 혼자 복도를 걸어가는데 히아신스의 향기가 퀴퀴한 시체 냄새 같았다. 우리 위에 그림자가 드리워진 것이다.

8장
종말이 시작되다

　나는 부모님을 설득하여 여름 학기를 H 시에서 보냈다. 내 친구와 나는 이제 거의 대부분의 시간을 집 대신 강가의 정원에서 보냈다. 권투 시합에서 보기좋게 진 일본인은 떠났고, 톨스토이 추종자도 가버렸다. 데미안은 날이면 날마다 말을 타고 오랫동안 돌아다녔다. 나는 자주 그의 어머니와 단 둘이 있었다.

　가끔은 내 삶이 너무나 평화로워진 것에 깜짝 놀랄 때도 있었다. 나는 혼자 있는 것에, 금욕적인 삶을 사는 것에, 나의 고난과 격렬히 싸우는 것에 너무나 오랫동안 익숙해져 있어서, H 시에서의 요 몇 달이 내게는 아름답고 쾌적한 환경에 둘러싸여 편안하고 황홀한 생활을 해 나가도록 허락된, 영락없이 꿈에 그리던 마법의 섬 같았다. 나는 이것이 우리가 그토록 많이 생각했던 보다 고귀한 새로운 공동체의 전조임을 예감했다. 그러나 그것이 지속될 수 없다는 것을 나는 아주 잘 알고 있었기 때문에 언제라도 이 행복은 내 안에서 아주 깊은 비애를 낳을 수 있었다. 충만함과 안락함을 호흡하는 것은 내 몫의 운명이 아니었다. 나에게는 고통스럽게 쫓기는 듯한 자극이 필요했다. 언젠가 이 사랑스러운 아름다운 영상들에서 깨어나 평화도 휴식도 기꺼운 공존도 없이 고독과 투쟁밖에 없는 차가운 세계에 다시 혼자 서게 되리라는 것을 느꼈다.

그래서 나는 내 운명이 아직 이 아름답고 고요한 모습을 지니고 있다는 것에 기뻐하며 배가된 애정으로 에바 부인에게 가까이 다가갔다.

여름 몇 주일은 별일 없이 빨리 지나갔다. 여름 학기가 끝나가고 있었다. 내가 떠나야 할 때가 곧 올 것이다. 나는 그것에 대해서는 감히 생각하지 않았다. 나비가 달콤한 꽃에 매달리듯 나는 아름다운 나날에 매달렸다. 이때는 나의 행복한 시절이었으며, 인생의 첫 성취이자 친밀하고 선택된 모임에 처음으로 받아들여진 것이었다. 이 뒤에는 무엇이 올까? 나는 다시 싸워 나가고 오랜 갈망에 시달리며 꿈을 꾸고 혼자가 되리라.

어느 날 그 예감은 나를 너무도 강렬하게 사로잡아 에바 부인에 대한 내 사랑이 내 안에서 갑자기 고통스럽게 타올랐다. 맙소사, 나는 이제 곧 이곳을 떠나 그녀를 다시는 보지 못할 것이다. 집 안을 돌아다니는 그녀의 소중하고 자신감에 찬 발걸음 소리를 더 이상 듣지 못하게 될 것이다. 내 책상 위에는 더 이상 그녀의 꽃도 없겠지! 그런데 나는 뭘 이룬 걸까? 그녀를 획득하고 그녀를 영원히 꼭 끌어안기 위해 애쓰는 대신 나는 꿈을 꾸며 꿈과 만족을 느긋이 즐겼다! 진정한 사랑에 대해 그녀가 나에게 말해 준 모든 것이 떠올랐다. 수많은 자상한 충고들, 수많은 부드러운 유혹들, 어쩌면 약속들. 나는 그것들로 무엇을 해냈지? 아무것도 없다. 전혀 아무것도 없었다!

나는 내 방 한가운데에 가만히 서서 내 모든 의식을 에바 부인에게 집중하려고 노력했다. 그녀가 내 사랑을 느끼고 그녀가 나에게 끌리도록 내 영혼의 모든 힘을 그러모았다. 그녀는 와야 한다. 그녀는 내 포옹을 열망해야 한다. 내 키스가 그녀의 도톰한 입술을 끝없이 흔들어 놓아야 한다.

나는 서서 손가락과 발가락이 싸늘해지는 것을 느낄 수 있을 때까지 모든 기운을 집중했다. 나로부터 힘이 빠져나가는 것이 느껴졌다. 얼마 동안 나는 내 안에서 뭔가가 응축되는 것을 느꼈다. 심장에 수정이 있는 것 같은 느낌의 뭔가 밝고 차가운 것이었다. 나는 그것이 내 자아라는 것을 알았다. 냉기가 가슴까지 뻗어 올라왔다.

이 끔찍한 긴장에서 풀려나자 뭔가 일어날 것 같은 느낌이 들었다. 나는 너무나 녹초가 되어 있었지만 에바가 방으로 걸어 들어오는 모습을 기쁨에 빛나 황홀하게 지켜볼 준비가 되어 있었다.

거리를 따라 따가닥따가닥 다가오는 말발굽 소리가 들렸다. 금속성의 소리가 가깝게 들렸다가 갑자기 멈췄다. 나는 벌떡 일어나 창문으로 갔다. 밑에서 데미안이 말에서 내리고 있는 모습이 보였다. 나는 달려 내려갔다.

"무슨 일이야, 데미안?"

그는 내 말을 듣고 있지 않았다. 그는 아주 창백했고 땀이 뺨을 타고 비 오듯 흘러내렸다. 그는 김을 내뿜고 있는 말의 굴레를 정원 울타리에 묶고는 내 팔을 잡고 나와 함께 거리를 걸어 내려갔다.

"그 소식 들었니?"

나는 아무것도 듣지 못했다.

데미안은 내 팔을 꼭 잡고 몸을 돌려 기이할 정도로 어두우면서도 동정 어린 눈길로 나를 쳐다보았다.

"그래, 시작되고 있어. 러시아와 문제가 있다는 것은 들었을 거야."

"뭐? 전쟁?"

주위에 아무도 없는데도 그는 아주 낮은 목소리로 말했다.

"아직 선포되지는 않았어. 하지만 전쟁이 날 거야. 그것에 대해 내가 한 말은 믿어도 돼. 널 불안하게 하고 싶진 않지만 그때 이후로 나는 징조를 서로 다르게 세 번 보았어. 세상의 종말도, 지진도, 혁명도 아니야. 전쟁이야. 세상이 얼마나 떠들썩해질지 너도 보게 될 거야! 사람들은 좋아할 거야. 지금도 대학살이 시작되기를 좀이 쑤시게 기다리는걸. 그들은 사는 게 그 정도로 무료한 거야! 하지만 너도 알게 될 거야, 싱클레어, 이것은 시작에 불과하다는 걸. 어쩌면 아주 큰 전쟁이 될 거야. 어마어마한 규모의 전쟁 말이야. 하지만 그것 역시 시작에 불과할 거야. 새로운 세계가 시작되었고 새로운 세계가 낡은 세계에 매달려 있는 사람들에게는 끔찍하겠지. 넌 어떻게 할 거니?"

나는 어안이 벙벙했다. 그 모든 것이 너무나 낯설고 일어날 것 같지 않은 일처럼 들렸다.

"모르겠어. 넌?"

그는 어깨를 으쓱했다.

"동원 명령이 떨어지자마자 나는 소집될 거야. 난 대위니까."

"네가 대위라고! 몰랐어."

"응. 그것이 내 타협 방법 중 하나였거든. 너도 알겠지만 나는 주의를 끄는 걸 너무나 싫어해. 그래서 거의 언제나 단지 올바른 인상을 주기 위해 정반대로 행동했지. 일주일 후면 난 전선에 있을 거야."

"맙소사."

"자, 감상에 빠지지 마. 물론 살아 있는 사람들에게 총을 쏘라고 명령하는 것이 즐거울 리 없을 거야. 그러나 그건 부차적인 거야. 우리들 모두 사건의 거대한 수레바퀴에 휘말릴 거야. 너도 마찬가지야. 너도 틀림없이 징집될 거야."

"그럼 너희 어머니는 어떻게 되지, 데미안?"

이제서야 내 생각은 15분 전에 있었던 일로 되돌아갔다. 그 사이에 세계는 얼마나 변했는가! 나는 가장 감미로운 영상을 떠올리기 위해 내 모든 힘을 그러모았었다. 그런데 지금 운명은 갑자기 위협적이고 무서운 가면을 쓰고 나를 바라보았다.

"우리 어머니? 어머니에 대해서는 우리가 걱정할 필요 없어. 어머니는 안전해. 지금 세상에 있는 어느 누구보다 안전하시지. 우리 어머니를 그렇게 사랑하니?"

"몰랐어?"

그는 기분이 풀린 얼굴로 가볍게 웃었다.

"물론 알고 있었지. 우리 어머니를 사랑하지도 않으면서 에바 부인이라고 부르는 사람은 없어. 네가 오늘 나 아니면 어머니를 불렀지."

"그래, 내가 어머니를 불렀어."

"어머니가 느끼셨어. 너에게 가 봐야 한다면서 갑자기 나를 보내신 거야. 러시아에 관한 소식을 막 말씀드렸던 참이었는데 말이야."

우리는 몸을 돌려 몇 마디 더 나누었다. 데미안은 굴레를 풀고 말에 올라탔다.

위층 내 방에 올라와서야 나는 데미안이 가져온 소식과 조금 전의 긴장 때문에 내가 얼마나 지쳐 있는지 깨달았다. 그러나 에바 부인이 내 소리를 들었다! 내 생각이 그녀의 마음에 가닿았다. 그녀가 직접 왔더라면……. 이 모든 것은 얼마나 기이하며, 근본적으로 얼마나 아름다운가! 그리고 이제 전쟁이 일어나려고 한다. 우리가 그토록 자주 이야기했던 것이 시작되려고 한다. 데미안은 그것에 대해 벌써부터 너무나 많은 것을 알고 있었다. 세계의 흐름이 우리를 우회해 지나가지 않고 이제 우리의 심장을 곧장 관통한다는 것이, 조만간 세계가 우리를 필요로 하고 스스로를 변모시키려고 하는 순간이 온다는 것이 얼마나 이상한가. 데미안의 말이 맞았다. 그것에 대해 감상적이 될 수는 없었다. 주목할 만한 단 한 가지는 내 운명의 지극히 개인적인 문제를 그토록 많은 다른 사람들과, 사실상 온 세계와 공유하게 된다는 점이었다. 그럼, 그러라지!

나는 준비되어 있었다. 저녁에 시내를 걷다 보면 거리 구석구석이 웅성거렸고, 어디서나 '전쟁'이라는 말이 들렸다.

나는 에바 부인의 집으로 갔다. 우리는 여름 별채에서 저녁을 먹었다. 내가 유일한 손님이었다. 아무도 전쟁에 대해 한마디도 하지 않았다. 다만 나중에, 내가 떠나기 직전에 에바 부인이 말했다. "친애하는 싱클레어, 오늘 당신이 절 불렀죠. 제가 왜 직접 가지 않았는지 당신은 알 거예요. 하지만 잊지 말아요. 당신은 이제 부름을 알아요. 표지를 지닌 누군가가 필요할 때마다 당신은 나를 부를 수 있어요."

그녀는 일어서더니 나보다 앞서 정원의 어스름 속으로 걸어갔다. 키가 크고 당당한 모습으로 그녀는 조용한 나무들 사이를 성큼성큼 걸어갔다.

내 이야기의 끝이 가까워지고 있다. 그때부터 모든 것은 빠르게 진행되었다. 곧 전쟁이 났고 데미안은 제복을 입고 묘하게 낯선 모습으로 우리를 떠났다. 나는 그의 어머니를 집으로 바래다주었다. 오래지 않아 나 역시 그녀와 작별했다. 그녀는 내 입술에 키스하며 한동안 나를 가슴에 꽉 껴안았다. 그녀의 큰 눈이 내 눈에 가깝고 확고하게 아로새겨졌다.

모든 사람들이 하룻밤 사이에 형제가 된 것 같았다. 그들은 '조국'과 '명예'에 대해 말했지만 그 뒤에 숨어 있는 것은 그들 자신의 운명이었다. 그 운명의 얼굴에 베일이 벗겨져 이제 아주 짧은 순간 모두가 보게 된 것이다. 젊은 남자들은 병영을 떠나 기차에 빽빽히 올라탔다. 많은 얼굴들에서 나는 표지를 보았다. 우리들의 표지가 아니라 아름답고 고귀하지만 사랑과 죽음을 의미하는 표지였다. 나 역시 전에 한 번도 본 적 없는 사람들의 포옹을 받았다. 나는 이 몸짓을 이해했고 그에 응답했다. 운명에 대한 갈망이 아니라 도취가 그들을 그렇게 하게 했다. 그러나 이 도취는 신성했다. 그들 모두가 이미 아주 잠깐이지만 너무나 불안한 시선으로 운명의 눈을 들여다보았기 때문이다.

내가 전선에 보내졌을 때는 겨울이 다 되었을 때였다. 처음으로 포화 아래 있다는 흥분에도 불구하고 처음에는 모든 것이 실망스러웠다. 한때 나는 하나의 이상을 위해 살 수 있는 경우가 왜 그토록 드문지에 대해 많이 생각했었다. 이제 나는 많은, 아니, 모든 사람들이 하나의 이상을 위해 죽을 수 있다는 것을 알았다. 그러나 그것은 개인적이고 자유롭게 선택한 이상이 아니라 공통으로 받아들여진 이상이어야 했다.

시간이 지나면서 내가 이 사람들을 과소평가했다는 것을 알았다. 공통의 임무와 위험이 그들 대부분을 아무리 획일적으로 만들어도 나는 여전히 많은 사람들이 위엄 있게 운명의 의지에 다가가는 것을 보았다. 많은, 아주 많은 사람들이 공격 때뿐만 아니라 매 순간 목표물 외에는 아무것도 모르는, 멀고 확고하면서도 어딘가 홀린 듯한 눈을 하고 있었고 믿을 수 없을 만큼 엄청난 것에 완전히 몰입해 있는 모습을 보였다. 어떤 생각을 하고 무엇을 믿든 그들은 준비되어 있었고 쓸모 있었으며 미래가 만들어질 점토였다. 세계가 전쟁과 영웅주의에, 명예와 다른 낡은 이상에 전심전력으로 몰두하면 할수록 진정한 인간성의 속삭임은 더욱더 멀어지고 잘 들리지 않게 되었다. 전쟁의 외적이고 정치적인 목적들이 표면적인 것에 불과한 것처럼 그 모두는 표면에 불과했다. 저 아래 깊은 곳에서는 무엇인가가 형태를 갖추어가고 있었다. 새로운 인간성과 유사한 무엇인가가. 나는 증오와 분노, 살육과 섬멸이 이러한 목적들과 관계 없다는 것을 절실히 느끼기 시작한 많은 사람들을 볼 수 있었다. 그리고 그런 많은 사람들이 내 곁에서 죽었다. 아니, 이 목표물과 목적들은 완전히 우발적인 것이었다. 가장 원시적이며 가장 거친 감정조차도 적에게 향해 있지 않았다. 그들의 피비린내 나는 임무는 단지 영혼의, 내부에서 분열된 영혼의 발산일 뿐이었다. 완전히 다시 태어날 수 있게 광분하고 죽이고 전멸하고 죽으려는 욕망으로 가득 찬 영혼의 발산일 뿐이었다.

어느 이른 봄날 밤, 우리가 점령한 농가 앞에서 나는 보초를 서고 있었다. 무기력한 바람이 불었다 멈췄다 했다. 플랑드르의 하늘에 구름 무리가 높이 떠 있고 그 구름 무리 뒤편 어딘가에는 달이 있는 것 같았다. 나는 그날 하루종일 불안했다. 뭔가가 나를 아주 불안하게 하고 있었다. 이제 불침번을 서며 나는 열심히 내 삶의 이미지들을 떠올리고 에바 부인과 데미안에 대해 생각했다. 흘러가는 구름을 바라보며 나는 포플러 나무에 기대어 서 있었다. 구름에 있던 기이하게 비틀린 빛의 조각이 곧 일련의 거대한 소용돌이치는 이미지들로 바뀌었다. 내 맥박이 기이하게 약해지는 것에서, 내 살갗이 바람과 비에 무감각해지는 것에서, 의식이 강렬해진 상태에서, 나는 가까이에 스승이 있다는 것을 감지할 수 있었다.

구름 속에서 거대한 도시 하나가 보였다. 그 도시에서 수백만 명의 사람들이 떼를 지어 광대한 풍경 위로 쏟아져 나왔다. 그들 한가운데로 강하고 에바 부인의 용모를 지니고 신의 모습을 한 산맥처럼 거대한 형체 하나가 머리카락에 반짝이는 별을 달고 걸어 들어갔다. 줄지어 서 있던 사람들이 마치 거대한 동굴 속으로 들어가듯 그녀 안으로 빨려 들어가 시야에서 사라졌다. 그 여신은 땅에 몸을 웅크렸다. 그녀의 이마에는 표지가 빛을 발하고 있었다. 꿈 하나가 그녀를 지배하는 것 같았다. 그녀가 두 눈을 감았다. 그녀의 얼굴이 고통으로 일그러졌다. 갑자기 그녀가 비명을 질렀다. 그녀의 이마에서 별들이 튀어나와 수천 개의 빛나는 별들이 검은 하늘 너머로 찬란한 포물선을 그리며 날아갔다.

이 별들 중 하나가 맑게 울리는 소리를 내며 나를 향해 곧장 날아왔다. 나를 찾는 것 같았다. 그러더니 꽝음과 함께 수천 개의 불꽃으로 산산이 쪼개지며 나를 낚아채어 하늘 높이 던졌다가 다시 땅에 내동댕이쳤다. 우레 같은 꽝음을 내며 세계가 내 위에서 산산조각났다.

나는 흙과 많은 상처로 뒤덮인 채 포플러 나무 근처에서 발견되었다.

나는 어느 지하실에 누워 있었다. 내 위에서 포화 소리가 울렸다. 나는 수레에 실려 덜컹덜컹 텅 빈 들판들을 지나갔다. 대체로 나는 잠들어 있거나 의식을 잃고 있었다. 그러나 잠이 더 깊이 들면 들수록 나는 뭔가가 나를 끌어당기고 있음을, 나를 지배하는 어떤 힘을 내가 따라가고 있음을 더욱더 강하게 느꼈다.

나는 어느 외양간 짚 더미 위에 누워 있었다. 어두웠다. 누군가가 내 손을 밟았다. 그러나 내 안의 무엇인가는 계속 살고 싶어 했다. 나는 예전보다 더 강력하게 끌어당겨지고 있었다. 나는 다시 수레에 누워 있었다가 나중에는 들것인지 사다리인지에 누워 있었다. 예전보다 더 강력하게 나는 내 자신이 어딘가로 불려가고 있음을 느꼈다. 최종적으로 그곳에 도달해야 한다는 이 열망 말고는 아무것도 느낄 수 없었다.

그때 나는 내 목적지에 도착했다. 밤이었고 나는 완전히 의식을 차리고 있었다. 내 안에서 열망이 강하게 끌어당겨지는 것을 막 느꼈던 참이었다. 이제 나는 길다란 홀의 바닥에 깔린 자리에 누워 있었다. 내가 부름을 받은 목적지에 도착했다는 것을 느꼈다. 나는 머리를 돌렸다. 내 매트리스 바로 옆에 다른 매트리스가 놓여 있었고 거기에 있는 누군가가 몸을 숙이고 나를 바라보고 있었다. 이마에 표지가 있었다. 그것은 막스 데미안이었다.

나는 말을 할 수 없었다. 그도 말할 수 없었거나 말하고 싶어 하지 않았다. 그는 나를 바라보고만 있었다. 그의 머리 위쪽 벽에 걸린 백열등 불빛이 그의 얼굴을 비췄다. 그가 미소지었다.

그는 무한에 가깝게 느껴지는 시간 동안 내 눈을 들여다보았다. 그의 얼굴이 천천히 내게 다가왔다. 거의 닿을 듯이 가깝게.

"싱클레어." 그가 속삭이듯 말했다.

나는 눈빛으로 그에게 듣고 있다고 말했다.

그가 다시 측은하게 미소 지었다.

"꼬마 녀석." 그가 미소 지으며 말했다.

그의 입술이 내 입술에 아주 가까이 있었다. 그가 조용히 계속 말했다.

"프란츠 크로머 기억나니?" 그가 물었다. 나는 그에게 눈을 깜박이며 미소도 지었다.

"꼬마 싱클레어, 잘 들어. 난 떠나야 해. 언젠가 너에게 내가 다시 필요할지도 몰라. 크로머에 맞서는 일이든 아니면 다른 일이든. 네가 날 부르면 난 말이나 기차를 타고 원래의 모습으로 오지 않을 거야. 네 자신 속에 귀를 기울여. 그럼 내가 네 안에 있다는 걸 알게 될 거야. 알아듣겠니? 그리고 하나 더. 에바 부인이 말했어. 혹시라도 네가 위중한 상태가 되면 나를 통해 전하는 그녀의 키스를 너에게 해 달라고. 눈을 감아, 싱클레어!"

나는 그의 말에 따라 눈을 감았다. 입술 위로 가벼운 입맞춤이 느껴졌다. 멈추지 않고 조금씩 피가 계속 흘러내렸다. 그리고 나는 잠이 들었다.

다음 날 아침, 누군가가 나를 깨웠다. 붕대를 감아야 했던 것이다. 마침내 완전히 잠이 깨었을 때 나는 내 옆에 있는 매트리스로 재빨리 몸을 돌렸다. 거기에는 내가 한 번도 본 적 없는 낯선 사람이 누워 있었다.

붕대를 감는 것은 아팠다. 그때 이후로 나에게 일어난 모든 일이 아팠다. 그러나 때때로 열쇠를 찾아 운명의 영상들이 어두운 거울 속에 잠들어 있는 내 자신 속으로 깊이 들어갈 때면 나는 그 어두운 거울 위로 몸을 숙이기만 하면 내 자신의 영상이 보였다. 내 형제이자 내 스승인 그와 이제는 완전히 닮아 있는.